U0468117

文艺研究小丛书

（第三辑）

LITERATURE
AND
ART
STUDIES
SERIES

月夜里的鲁迅

王彬彬 ◎ 著
李松睿 ◎ 编

文化艺术出版社
Culture and Art Publishing House

图书在版编目（CIP）数据

月夜里的鲁迅 / 王彬彬著；李松睿编. —北京：
文化艺术出版社，2023.11
（文艺研究小丛书 / 张颖主编. 第三辑）
ISBN 978-7-5039-7504-2

Ⅰ.①月… Ⅱ.①王… ②李… Ⅲ.①鲁迅研究—文
集 Ⅳ.①I210-53

中国国家版本馆CIP数据核字（2023）第203244号

月夜里的鲁迅
《文艺研究小丛书》（第三辑）

主　　编　张　颖
著　　者　王彬彬
编　　者　李松睿
丛书统筹　李　特
责任编辑　柏　英
责任校对　董　斌
书籍设计　李　响　姚雪媛
出版发行　文化艺术出版社
地　　址　北京市东城区东四八条52号（100700）
网　　址　www.caaph.com
电子邮箱　s@caaph.com
电　　话　（010）84057666（总编室）　84057667（办公室）
　　　　　84057696—84057699（发行部）
传　　真　（010）84057660（总编室）　84057670（办公室）
　　　　　84057690（发行部）
经　　销　新华书店
印　　刷　国英印务有限公司
版　　次　2024年1月第1版
印　　次　2024年1月第1次印刷
开　　本　787毫米×1092毫米　1/32
印　　张　4.625
字　　数　76千字
书　　号　ISBN 978-7-5039-7504-2
定　　价　42.00元

总　序

张　颖

2019年11月，《文艺研究》隆重庆祝创刊四十年，群贤毕集，于斯为盛。金宁主编以“温故开新”为题，为应时编纂的六卷本文选作序，饱含深情地道出了《文艺研究》的何所来与何处去。文中有言：“历史是一条长长的水脉，每一期杂志都可以是定期的取样。”此话道出学术期刊的角色，也道出此中从业者的重大使命。

《文艺研究》审稿之严、编校之精，业界素有口碑。这本质上源于编辑者的职业意识自觉。我们的编辑出身于各学科，受过严格的学术训练，在工作中既立足学科标准，又超越单学科畛域，怀抱人文视野与时代精神。读书写作，可以是书斋里的私人爱好与自我表达；编辑出版，是作者与读者、写作与出版的中间环节，无时不在公共领域行事，负有不可推卸的公共智识传播之责。学术期刊始终围绕“什么是好文章”这一总命题作答，更是肩负着学术史重任，不可不严阵以待。本着这一意识做学术期刊，编辑需要端起一张冷面孔，同时保持一副热心肠，从严审稿，从细编校。面对纷繁的学术生态场，坚持正确的政治导向，保持冷静客观的判断；面对文字、文献、史实、逻辑，怀着高于作者本人的热忱，反反复复查证、商榷、推敲、打磨。

我们设有相应制度，以保障编辑履行上述学术史义务。除了三审加外审的审稿制度、五校加互校的校对制度，每月两度的发稿会与编后会鼓励阐发与争鸣，研讨气氛严肃而热烈。2020年5月，在中国艺术研究院各级领导大力支持下，杂志社成立艺术哲学与艺术史研究中心。该中心秉持“艺术即人文”的大艺术观，旨在进一步调动我刊编辑的学术主体性与能动性，同时积极吸收优质学术资源和研究力量，推动艺术学科体系建设。

基于上述因缘，2021年年初，经时任文化艺术出版社社长的杨斌先生提议，由杂志社牵头，成立“文艺研究小丛书”编委会。本丛书是一项长期计划，宗旨为“推举新经典”。在形式上，择取近年在我刊发文达到一定密度的作者成果，编纂成单作者单行本重新推出。在思想上，通过编者的精心构撰，使之整体化为一套有机勾连的新体系。

编委会议定编纂事宜如下。每册结构依次为总序、编者导言、作者序、正文。编者导言由该册编者撰写，用以导读正文。作者序由该册作者专为此次出版撰写，不作为必备项。正文内容的遴选遵循三条标准：同一作者在近十年发表于《文艺研究》的文章；文章兼备前沿性与经典性；原则上只选编单独署名论文，不收录合著文章。

每册正文以当时正式刊发稿为底稿。在本次编撰过程中依如下原则修订：（1）除删去原有摘要或内容提要、关键词、作者单位、责任编辑等信息外，原则上维持原刊原貌；（2）尊重作者当下提出的修改要求，进行文字或图片的必要修订或增补；（3）文内有误或与今日出版规范相冲突者，做细节改动；（4）基本维持原刊体例，原刊体例与本刊当前体例不符者，依当前体例改；（5）为方便小开本版式阅读，原尾注形式统改为当页脚注。

编研相济，是《文艺研究》的优良传统。低调谨细，是《文艺研究》的行事作风。丛书之小，在于每册体量，不在于高远立意。如果说“四十年文选”致力于以文章连缀学术史标本，可称“温故”，那么，本丛书则面对动态生成中的鲜活学术史，汇聚热度，拓展前沿，重在“开新”。因此，眼下这套小丛书，是我们在“定期的取样”之外，以崭新形式交付给学术史的报告，唯愿它能够为读者提供一定帮助或参照。

编者导言

李松睿

鲁迅在中国现代思想文化史上的崇高地位，使得有关这位作家的研究和讨论历来是中国现代文学研究领域的重中之重。尽管早在20世纪80年代就有研究者将鲁迅研究比喻为一座“肃穆的‘古堡’”[1]，来暗指其内部的僵化和自成体系，尽管不断有资深学者感慨与鲁迅有关的题目都已经做尽了，很难再有

1 汪晖:《鲁迅研究的历史批判》,《文学评论》1988年第6期。

新的突破，但每年仍然会涌现出大量以鲁迅为考察对象的研究成果，让人惊异于鲁迅在中国现代文学研究界的巨大影响和对研究人员持久的吸引力。不过，在已经成为所谓“红海”的鲁迅研究界，王彬彬的鲁迅研究显得独具一格。他没有在前辈研究者创立的概念、方法的基础上从事修修补补式的研究，也没有专注于梳理琐细、芜杂的材料去寻找新的突破口，更没有借助海外鲁迅研究者的概念、思路和视角为鲁迅打造一副陌生的面孔，而是用自己敏锐的文学感受力和强烈的史学偏好，走出了一条鲁迅研究的新路。

在笔者看来，王彬彬的鲁迅研究有以下三个独特之处。

首先，是努力从文学创作的实际情景出发，贴合鲁迅本人的视角，分析作品创作的原初语境和艺术特色。王彬彬在鲁迅研究者之外，还有着另一重身份——著名的当代文学批评家。长期从事文学批评工作，使这位研究者对文学文本的细节有着足够的敏感，对作品的创作过程有着持续的关注，并善于从作家的角度思考问题。这些都在王彬彬的鲁迅研究上打下了深刻的烙印，使其研究灵动、鲜活，浸润着生命的体验，带有很强的文学性，没有枯燥、沉闷的学究气。

其次，是王彬彬的鲁迅研究建立在扎实的历史材料之上。

这位研究者不仅关注文学文本自身的风格特色，更注重考察使作品得以诞生的时代环境。王彬彬通过大量研究与作家、作品相关的各类史料，在更加广阔的历史语境中，呈现作家思维方式、行为模式以及创作动机的形成过程。这就使得王彬彬的鲁迅研究在抓住艺术性的同时，还以时代感和历史氛围的呈现见长，具有厚重的历史感。

最后，是具有较强的对话性。真正的学术研究绝不能自说自话，而是要站在前人的基础上，对前人研究的错误、疏漏予以纠正和补充。这当然不是对前人的不尊重或不恭敬，而是推动学术研究不断发展的必由之路。王彬彬个性鲜明，出言直率，总能在细节上发现其他研究者的论述之不足，通过与其他学者的对话，进一步展开自己的研究。

读者眼前的这本论文集，收入了王彬彬近年来发表在《文艺研究》上的四篇鲁迅研究论文，分别是《月夜里的鲁迅》《论光复会与同盟会之争对鲁迅的影响》《〈野草〉的创作缘起》以及《启蒙即救亡——“九一八”事变后鲁迅关于抗日问题的社会批判》。这些论文正鲜明地体现了王彬彬的鲁迅研究的上述特点。《月夜里的鲁迅》和《〈野草〉的创作缘起》这两篇论文具有较强的文学色彩，对鲁迅特定时期的创作心理进行了细致入微的分析。《月夜里的鲁迅》通过梳理鲁迅在小说、杂文、书信以及日记等不同文体的写作中对月亮的描写，详细分析了作家描写月亮意象时的心理状态和不同时期对月亮的态度变化。这样的研究看似切口很小，却让读者对鲁迅作品中一系列细节有了更加精妙的理解，而鲁迅的形象也在这样的解读中变得更为丰富、立体。《〈野草〉的创作缘起》尝试回到1924年9月15日鲁迅创作散文诗集《野草》第一篇《秋夜》的历史语境中，一方面通过各类史料呈现作家当时的具体境遇，另一方面则以文学的笔法，从鲁迅自己的视角出发，想象了作家当时的创作情景：

> 送走客人后，鲁迅推开书房兼卧室的“老虎尾巴”的后门，走到后院。在十分明亮的月光下，鲁迅先是抬眼看见院墙外的一棵枣树和另一棵枣树，然后仰观天象，看见了蓝得有几分怪异的天空，接下来看见了稀疏的几十颗星星在诡异地眨眼。鲁迅又低下头，看见院里的野花、野草。野花和野草在有些寒意的夜里，显得柔弱、可怜。鲁迅于是又抬头看枣树，这回看得更仔细，他看见枣树身上最直、最长的树枝利剑般刺向天空。这时候，一只夜游的

鸟发出一声怪叫从头顶飞过……此情此景，令鲁迅心中涌出丰富而复杂的感受，使他有了强烈的创作冲动，于是转身回到室内，写下《野草》中的第一篇——《秋夜》。

这样的描述当然是根据《秋夜》的相关内容进行的纯粹想象，并无历史依据，但由于王彬彬在此前的论述中对鲁迅创作《野草》的文学准备和具体情景做了较为详细的梳理，使得这段基于想象的文学描述也显得合情合理，令人信服。

《论光复会与同盟会之争对鲁迅的影响》和《启蒙即救亡——"九一八"事变后鲁迅关于抗日问题的社会批判》则表现出鲜明的历史化倾向，两篇论文都注重对相关史料的梳理，通过还原具体的历史语境，分析鲁迅的思想来源和作品意义。以《论光复会与同盟会之争对鲁迅的影响》为例，可以很好地说明这一历史化的特点。在这篇论文中，王彬彬以一个非常细小的切入口提出问题：为何鲁迅生前不愿意将纪念孙中山的杂文《中山先生逝世后一周年》收入自己的文集？为何鲁迅在私下里对曾于自己有恩的蔡元培并不恭敬？王彬彬根据一系列史料指出，晚清时期，以蔡元培为会长的光复会与孙中山领导的同盟会合并，共同革命，反抗清政府统治。但两大晚清革命组织合并后，并没有勠力同心，反而很快就陷入了纷争。光复会成员章太炎、陶成章与孙中山的矛盾公开化。特别是辛亥革命胜利后，蒋介石在上海刺杀了鲁迅的好友陶成章，同盟会更是开始在各地迫害光复会会员。这些都让鲁迅对孙中山心存芥蒂。由于光复会会员是以个人身份加入同盟会完成两大革命组织的合并的，这让鲁迅很自然地联想到20世纪20年代的国共合作，并对国民党像其前身同盟会一样迫害、屠杀合并进来的政党组织感到愤怒，进而在私人通信中表示与作为光复会会长的蔡元培“气味不投”[1]。在很多情况下，研究者对历史人物的行为、思想的阐释最多只能是根据可以接触到的史料进行推测。因此，判断研究优劣的方式，就是看研究者是否能够在尽可能占有史料的基础上做出合乎情理、令人信服的推断。在笔者看来，王彬彬历史化的鲁迅研究，是能够做到这一点的。

阅读这本论文集，相信读者一定会对王彬彬与其他学者对话时直言不讳的风格印象深刻。例如，在《论光复会与同盟会

1 鲁迅:《270612 致章廷谦》，载《鲁迅全集（第十一卷）》，人民文学出版社1981年版，第547页。

之争对鲁迅的影响》一文中，王彬彬引用了著名历史学家陈旭麓的论文《孙中山与鲁迅》中的看法，即鲁迅不愿将《中山先生逝世后一周年》一文收入文集，是因为鲁迅“感到它是一篇不太成熟之作而任其飘零”，而鲁迅之所以说孙中山“足不履危地”，则“是指他不能到群众中去组织革命力量”[1]。对权威学者的这一看法，王彬彬直接表示“我觉得这样的解释有几分牵强”，并在接下来的篇幅中从多个角度论证了自己的新见。这样的直率风格在今天的学术界，自然很容易引起一些非议。然而，真理永远是越辩越明的，不同的观点只有在彼此的直接交锋中才能让学术研究接近历史的真相，这或许是王彬彬的研究的价值所在。

1 陈旭麓:《孙中山与鲁迅》，载《近代史思辨录》，广东人民出版社 1984 年版，第 331 页。

作者序

王彬彬

《文艺研究》编辑部命我从历年发表在该刊的文章中选出四至五篇，编成一册，作为“文艺研究小丛书”之一，由编辑部负责出版，我自然十分高兴。在选取文章时，有着对《文艺研究》这个刊物的双重感谢。历年来，在《文艺研究》发表了好多篇文章，这应该感谢刊物对这些并不成熟的文章的接受。这是第一重感谢。现在，刊物又将我选入“文艺研究小丛书”作者之列，自然又有另一重感谢。

在《文艺研究》发表的文章中，谈论鲁迅的文章占了很大部分，其中几篇是关于鲁迅研究的书评，书评之外研究鲁迅的论文有四篇:《月夜里的鲁迅》《论光复会与同盟会之争对鲁迅的影响》《〈野草〉的创作缘起》《启蒙即救亡——“九一八”事变后鲁迅关于抗日问题的社会批判》。我想，就把这四篇文章编成一册，也算是一本专门谈论鲁迅的小书，而以《月夜里的鲁迅》为书名。

人们经常说到的东西，总是自己感兴趣的东西。但是，特别热爱或者特别憎恶的东西，又往往不愿意轻易谈论。人往往会这样。当我考入复旦大学读中国现当代文学专业研究生时，并没有打算成为一个鲁迅研究者。1986—1992年，从硕士到博士，六年间写了不少谈论中国现当代文学的文章，当然会时常谈及鲁迅，但专门研究鲁迅的文章却没有写过。博士研究生毕业后，遭遇“90年代”。在20世纪90年代的知识界、文化界、学术界，有一股很强劲的否定鲁迅的思潮。否定鲁迅的人，有些是我的熟人、朋友。我对他们秉持的信念一般是认同的，但当他们用自己秉持的信念来衡鉴鲁迅并对鲁迅彻底否定时，我又感觉到了荒谬。当然，否定鲁迅的论调是各式各样的，有的比较学术化，有的则粗鄙不堪。例如，有人甚至连鲁迅的文学成就也彻底否定，甚至把鲁迅的语言表达说得一无是处。我那时太年轻，面对这种情形按捺不住，写起了为鲁迅辩护的文章。这其实是我的鲁迅研究之始。

但开始写研究鲁迅的文章后，并没有一头扎进鲁迅研究里去。当然，也没有一头扎进别的具体问题的研究里。我总是在胡乱读书和胡思乱想时，感觉某个问题是一个“问题”，如果有能力解释这个问题，就会找到必需的资料，然后完成一篇所谓的“论文”。鲁迅研究也是这样。总是想要重读鲁迅，于是便读起来。如果在重读的过程中发现了自以为是问题的“问题”，便开始收集必要的资料并研读这些资料，写出一篇解释这“问题”的文章。几十年间，基本上是以这样一种姿态研究鲁迅。收在这本小书中的四篇文章，也是这样产生的。这也是我滥竽鲁迅研究界数十年成果却甚少的原因。

2023 年 5 月 16 日

目录

月夜里的鲁迅

1936 年 10 月 19 日晨 5 时 25 分，鲁迅辞世。当天晚上，与鲁迅并不相识的日本著名作家佐藤春夫写了悼念鲁迅的文章，题为《月光与少年——鲁迅的艺术》（文末注明写于“十月十九日闻鲁迅讣之夜”）。在文章中，佐藤春夫说：“假若你读鲁迅作品时稍加注意，使你奇怪的是《阿 Q 正传》、《故乡》、《孤独者》等比较长的文章不消说，就是在像《村戏》（《社戏》——引者注）等的小品中，在什么地方也一定表现着月光的描写与少年的生活。我想月光是东洋文学在世界上传统的光，少年是鲁迅本国里的将来的惟一希望。我永远忘不掉从鲁迅文中读到的虽然中华民国的全部几乎使自己绝望，然而这绝望并不能算是真的绝望，中国还有无数的孩子们的这种意味。假若说月光是鲁迅的传统的爱，那末少年便是对于将来的希望与爱。这样看来，就可理解了鲁迅诸作中的月光与少年。”[1]鲁迅小说中经常写到月光与孩子，这表明鲁迅的内心并没有真的被绝望充塞，因为月光和少年，在佐藤春夫看来，都意味着希望和爱。

鲁迅辞世十多年后，曾经师事鲁迅的日本学者增田涉出版了《鲁迅的印象》一书。书中有一篇是《鲁迅跟月亮和小孩》，一开头就说："鲁迅先生好像喜欢月亮和小孩。在他的文学里，这两样东西常常出现——这是佐藤春夫先生和我谈到鲁迅时说的话。”佐藤春夫不但在悼念鲁迅的文章里强调鲁迅喜欢月光与孩子，还在与他人谈到鲁迅时强调这一点。与鲁迅交往颇深的增田涉，认同佐藤春夫的感觉和判断。增田涉认为，作为诗

---

1 ［日］佐藤春夫：《月光与少年——鲁迅的艺术》，载鲁迅先生纪念委员会编《鲁迅先生纪念集（评论与记载）》，上海书店 1979 年。

人的佐藤春夫凭借其敏锐的感受性抓住了鲁迅艺术精神的要点。增田涉并且这样描绘鲁迅的精神形象：“在月亮一样明朗、但带着悲凉的光辉里，他注视着民族的将来。”他还提供了鲁迅喜欢月夜的另一个证据，即鲁迅曾对为自己治病的日本医生须藤说过这样的话：“我最讨厌的是假话和煤烟，最喜欢的是正直的人和月夜。”[1]

并未与鲁迅见过面的佐藤春夫，仅凭阅读鲁迅小说作品，就感觉到鲁迅喜欢月亮，的确是敏锐的。其实鲁迅在文学创作中，对月亮的描写并不特别多。老舍的中篇小说《月牙儿》，对月亮的描写非常多，甚至多得有时让人觉得有点多余。张爱玲中篇小说《金锁记》中开头和结尾出现的月亮，也给读者留下深刻印象。鲁迅小说中对月亮的描写并不显得很特别。坦率地说，读鲁迅文学创作，我没有感觉到鲁迅对月亮分外喜爱。我是在读鲁迅北京时期的日记时，感到鲁迅对月亮特别留意的。鲁迅的日记很简略，而月亮却频频出现在北京时期的日记中，尤其多见于1918年以前的日记中。1918年，是鲁迅创作

1 增田涉：《鲁迅的印象·鲁迅跟月亮和小孩》，载鲁迅博物馆、鲁迅研究室、《鲁迅研究月刊》选编《鲁迅回忆录：专著》下册，北京出版社1999年版，第1384页。

《狂人日记》并登上文坛的年份。1918 年以后，月亮在鲁迅日记中渐渐消失。月亮在鲁迅日记中从频频出现到渐渐消失，为我们提供了一个观察、思考鲁迅心理状态变化的角度。

一

1918 年 4 月 2 日，鲁迅开始写作《狂人日记》。在用文言写了几百字的序言后，进入正文的写作。而正文的第一句是：

> **今天晚上，很好的月光。**[1]

这是一个独立的自然段。鲁迅的新文学创作以《狂人日记》开其端，而《狂人日记》又以对月光的描写开其端。在这个意义上可以说，鲁迅的新文学生涯是以对月光的言说开始的。《狂人日记》模仿狂人的思维写成。鲁迅在替一个想象中的狂人写日记。虽然鲁迅必须在必要的程度上让小说给人以

---

1 鲁迅：《狂人日记》，载《鲁迅全集（第一卷）》，人民文学出版社 1981 年版，第 422 页。

“胡言乱语”的感觉，但不可能真的是胡言乱语。在“胡言乱语”的外表下，《狂人日记》其实有着严密的内在逻辑。鲁迅要通过“狂人”的自述，表达自身的情思。所以，并没有哪一句话完全是随意写下的。鲁迅替一个狂人写日记，第一句却写的是月亮，应该也不是没有来由的。其实，在此前六年的鲁迅日记中，月亮就经常出现。明白了鲁迅在自己的日记中经常写到月亮，或许就懂得了为何鲁迅提笔为一个虚构的狂人写日记时，首先写到的竟是月亮了。

鲁迅于1912年5月5日到达北京，第二天即到教育部上班。现在能读到的鲁迅日记，也是从1912年5月5日开始。月亮在鲁迅日记中第一次出现，是1912年7月27日。这天的日记中有这样的记述：

> 晚与季市赴谷青寓，燮和亦在，少顷大雨，饭后归，道上积潦二寸许，而月已在天。[1]

1 鲁迅：《壬子日记〔一九一二年〕》，载《鲁迅全集（第十四卷）》，人民文学出版社1981年版，第11页。

这天晚上，鲁迅从友人处饭后归来，大雨过后，路上积水两寸深，但天已放晴，月亮出来了。查万年历，1912 年 7 月 27 日是农历六月十四日，月亮当然很好。明月照着积水，景色是很美的。鲁迅用寥寥十来个字，把雨后的月夜写得令人神往。大雨造成的积水还未开始消退，月亮却出现在天上。这样的日记并非有意识的文学创作，但文学性是很强的。

1912 年 8 月 22 日，鲁迅日记有这样的记述：

> 晚钱稻孙来，同季市饮于广和居，每人均出资一元。归时见月色甚美，骡游于街。[1]

这一晚，又是与友人聚餐后，归途中与月亮相遇。在 1912 年 5 月 6 日的日记中，有“坐骡车赴教育部”的记载。乘骡车的记载，数见于鲁迅北京时期的日记。所以，所谓“骡游于街”，应该是乘骡车逛街的意思。月色很美，在这样的月夜里，鲁迅不忍回屋，于是雇了辆骡车，在月夜里游荡着，在

1 鲁迅：《壬子日记〔一九一二年〕》，载《鲁迅全集（第十四卷）》，人民文学出版社 1981 年版，第 14—15 页。

月光下流连着。查万年历，1912 年 8 月 22 日，是农历七月初十。初十的月亮，大体可算上弦月，只有半个大小，或者比半个略大些。可就是这半个大小的月亮，也令鲁迅爱而不思归。鲁迅的确是喜欢月夜的。

1912 年 9 月 25 日，是中秋节。这一天，鲁迅日记中有这样的记载：

> 阴历中秋也……晚铭伯、季市招饮，谈至十时返室，见圆月寒光皎然，如故乡焉，未知吾家仍以月饼祀之不。[1]

这天晚上，是回到室内，从窗户看见圆月的。“举头望明月，低头思故乡。”北京的中秋月，令孤身寓居绍兴会馆的鲁迅动了思乡之情。鲁迅日记中，是极难见到情语的。这种思乡之情的表达虽然并不强烈，但已是很特别的了。是寒光皎然的中秋月，让鲁迅动情；也是寒光皎然的中秋月，让鲁迅在日记中流露了情感。

1　鲁迅：《壬子日记（一九一二年）》，载《鲁迅全集（第十四卷）》，人民文学出版社 1981 年版，第 19 页。

如果以1918年4月创作第一篇白话小说《狂人日记》为界，将鲁迅在北京生活的时期分为前期和后期，那前期日记中关于月亮的记述还有多处。

1912年10月30日："阴，午后雨……夜风，见月。"[1]下午本来下起了雨，晚上，风吹云散，月亮出来了，鲁迅觉得可记。

1913年1月24日："雪而时见日光……晚雪止，夜复降，已而月出。"[2]白天是"太阳雪"的天气，晚上雪停了，但后来又下了一阵，终于雪过天晴，看见了月亮。顺便说明一下，在鲁迅北京前期的日记中，"夕""晚""夜"是分得很清楚的，"夕"指傍晚，"晚"指天虽黑而夜未深的那段时间，"夜"则指更晚至天亮的时光。

1913年5月13日："晴……夜微雨，旋即月见。"[3]白天是好天，入夜下了点小雨，但很快微雨止，薄云散，天上有了月

---

1 鲁迅：《壬子日记〔一九一二年〕》，载《鲁迅全集（第十四卷）》，人民文学出版社1981年版，第24页。

2 鲁迅：《癸丑日记〔一九一三年〕》，载《鲁迅全集（第十四卷）》，人民文学出版社1981年版，第41页。

3 鲁迅：《癸丑日记〔一九一三年〕》，载《鲁迅全集（第十四卷）》，人民文学出版社1981年版，第58页。

亮。查万年历，这天是农历四月初八，只有一弯上弦月。一弯新月，可能让鲁迅注目良久。

1913 年 10 月 14 日："晴，风……午后雨，夜见月。"[1] 这一天是上午晴，下午雨，而入夜又晴了，看见了月亮。

1914 年 3 月 12 日："雨雪杂下……午后雪止而风，夜见月。"[2] 这一天，上午是雨夹雪，下午雪停了，起风了，风吹散了云，于是月亮露出来了。

1914 年 5 月 8 日："昙……夜季市来。大风，朗月。"[3] 所谓"昙"，就是浓云密布。这一天，白天满天是云，但入夜后，大风吹散满天云，于是明月高照。

1915 年 2 月 25 日："雨雪……夜月见。"[4] 这一天，白天下着雪，到了夜里，雪停了，天晴了，月出了。

---

1 鲁迅:《癸丑日记〔一九一三年〕》，载《鲁迅全集（第十四卷）》，人民文学出版社 1981 年版，第 77 页。

2 鲁迅:《甲寅日记〔一九一四年〕》，载《鲁迅全集（第十四卷）》，人民文学出版社 1981 年版，第 104 页。

3 鲁迅:《甲寅日记〔一九一四年〕》，载《鲁迅全集（第十四卷）》，人民文学出版社 1981 年版，第 111 页。

4 鲁迅:《乙卯日记〔一九一五年〕》，载《鲁迅全集（第十四卷）》，人民文学出版社 1981 年版，第 155 页。

1915年2月27日："大风，霾……夜风定月出。"[1]这一天，白天是沙尘暴的天气，到了夜间，风停了，尘埃落定，露出了月亮。

1915年3月27日："雨雪……夜月出。"[2]这一天，又是白天落雪，而夜间天晴月照。

1917年9月30日："晴……旧中秋也……月色极佳。"[3]这一天是中秋，又是晴天，月色当然极佳。

当我把鲁迅日记中记述了月亮的地方基本标出后，我发现，北京前期的鲁迅喜欢在日记里记述月亮，尤其喜欢记述雨雪后、云霾后的月亮。雨停了，雪止了，云散了，月亮出来了。雨住雪霁，天分外蓝，月也分外洁净、明亮，鲁迅的心情应该也分外好，于是要在日记里记下这给他带来好心情的月亮。

既然鲁迅在自己的日记里屡屡记述月亮，当他以一个"狂

---

1 鲁迅：《乙卯日记〔一九一五年〕》，载《鲁迅全集（第十四卷）》，人民文学出版社1981年版，第155页。

2 鲁迅：《乙卯日记〔一九一五年〕》，载《鲁迅全集（第十四卷）》，人民文学出版社1981年版，第159页。

3 鲁迅：《丁巳日记〔一九一七年〕》，载《鲁迅全集（第十四卷）》，人民文学出版社1981年版，第285页。

人”的口吻写“日记”时，首先写到月亮，也就不难理解了。1918年4月2日，鲁迅开始《狂人日记》的写作。鲁迅是习惯于夜间写作的。1918年4月2日的日记，有“午后自至小市游”[1]的记述。鲁迅一般起身很晚，不可能是上午开始写作的。下午独自逛了小市，看来没买到中意而又买得起的旧书、碑帖、古玩。所以,《狂人日记》一定是夜间动笔的。查万年历，1918年4月2日，是农历二月二十一日。据鲁迅日记，这一天北京是晴天。这一天的月亮大体可算下弦月，出来稍迟，有大半个。前面说过，1912年8月22日夜间，鲁迅在外饭后回寓途中，“见月色甚美”，于是“骡游于街”。这一天是农历七月初十。农历初十的上弦月与农历二十一日的下弦月，在大小上差不多，只是一个出来较早而一个出来较晚、一个偏东一个偏西而已。既然初十的上弦月能让鲁迅觉得“甚美”而乐不思归，那二十一日的下弦月也会让鲁迅觉得“很好”。我们可以还原一下这天夜间鲁迅开始写作《狂人日记》的情景——时间从“晚”到“夜”了，大半个下弦月升起来了；鲁

1　鲁迅:《戊午日记〔一九一八年〕》，载《鲁迅全集（第十四卷）》，人民文学出版社1981年版，第311页。

迅坐在绍兴会馆的窗前灯下，开始构思《狂人日记》；这是在模仿“狂人”的口吻写“日记”；既然也是写“日记”，当然会想到“今天”的事情；首先记天气，是日记的惯例，也是鲁迅一直的做法。“今天”的天气如何呢？鲁迅举头看窗外，窗外月光皎洁，于是，鲁迅替一个想象中的“狂人”写下了第一句话：“今天晚上，很好的月光。”

鲁迅《狂人日记》的第一句话，其实是在“写实”。

二

写完了短短的第一节，便写第二节。第二节也以“月光”开头：

> 今天全没月光，我知道不妙。早上小心出门，赵贵翁的眼色便怪：似乎怕我，似乎想害我。[1]

1　鲁迅：《狂人日记》，载《鲁迅全集（第一卷）》，人民文学出版社 1981 年版，第 423 页。

“今天全没月光”是顺着“今天晚上，很好的月光”说的。这当然不再是“写实”，而是以“狂人”的口吻写下的“狂言”。这里说的是“早上”的事，是白天的事，是“今天”而不是“今天晚上”。“早上”、白天、“今天”，当然“全没月光”。按照“狂人”的想法，即便在白天，也可能有“月光”，也应该有“月光”的。这固然可以理解为鲁迅是在以“狂人”的逻辑说胡话，但恐怕又不仅仅如此。如果说在这第二节里，“狂人”因未能在白天看见“月光”而感觉“不妙”，那在第八节里，“狂人”的确在白天看见了“月光”，并因此而“勇气百倍”：

> 其实这种道理，到了现在，他们也该早已懂得……
>
> 忽然来了一个人；年纪不过二十左右，相貌是不很看得清楚，满面笑容，对了我点头，他的笑也不像真笑。我便问他，“吃人的事，对么？”他仍然笑着说：“不是荒年，怎么会吃人。”我立刻就晓得，他也是一伙，喜欢吃人的；便自勇气百倍，偏要问他。
>
> “对么？”

"这等事问他什么。你真会……说笑话。……今天天气很好。"

天气是好，月色也很亮了。可是我要问你，"对么？"

他不以为然了。含含胡胡的答道，"不……"

"不对？他们何以竟吃？！"

"没有的事……"

"没有的事？狼子村现吃；还有书上都写着，通红斩新！"

他便变了脸，铁一般青。睁着眼说，"也许有的，这是从来如此……"

"从来如此，便对么？"[1]

"狂人"对这个来访者步步紧逼，大义凛然。从前后文看，这场对话发生在白天。按中国人的习惯，"今天天气很好"这样的话，是白天使用的寒暄语。陌生人的来访，一般也发生在白天。然而，在这白日里，"狂人"却看见"月色也很亮了"。

1 鲁迅:《狂人日记》，载《鲁迅全集（第一卷）》，人民文学出版社 1981 年版，第 428 页。

白日见月，固然也可视作鲁迅特意在让“狂人”显示其“狂”，但看不见月光“狂人”便“知道不妙”，而月亮很亮，则令“狂人”大义凛然，“勇气百倍”，又能让我们感到，月光、月亮在鲁迅的语境里的确意味着温暖、希望、爱，的确象征着纯洁、正义、无畏。白日的天上，虽然并不会“月色也很亮了”，但“狂人”的精神天空上，有明月高悬。

在鲁迅北京前期的日记中，月亮出现得较频繁，后来，月亮在日记中就渐渐少起来，到了上海时期，日记中就几乎没有对于月亮的记载了。其原因简要来说有两种：一是心理状态的变化，二是生活环境的变化。

先说心态。在北京前期，在未登上文坛、成为著名作家之前，鲁迅的内心虽然苦闷、虽然悲观甚至绝望，但心境又是平静和悠闲的。那时的教育部是清水衙门，也是清闲衙门，没有多少“公”要“办”。上班要求也并不严格，早到一点晚到一点，早走一点晚走一点，似乎都不碍事，生病、有事而旷工一天，好像也不要紧。鲁迅孤身寓居绍兴会馆，也谈不上有什么家务、家累。大部分日子里，他都会去逛逛琉璃厂或小市，买几样不太破费的东西，也常常与友人聚饮。平静、悠闲、孤独、寂寞，人在这种心境中特别留意自然景物，尤其会留意那些自己本就喜爱的自然之物。鲁迅本就喜爱月亮，自然也就对月亮分外留意。而1918年以后，鲁迅的心态发生了很大变化。《狂人日记》石破天惊，鲁迅名声大振，从此进入文学界、思想界，以战士的姿态摧陷廓清、追亡逐北。要在教育部上班，要写这样那样的文章，要办刊物，要为别人看稿，又在几所学校兼课，终日忙忙碌碌。1919年年底，鲁迅结束了孤身寓居绍兴会馆的生活，把母亲、妻子接到了北京，1923年与周作人失和前，是三代同堂。先前的平静和悠闲没有了，也不像孤身一人时那般孤独和寂寞。在这样的心境中，就没有了留意、欣赏自然景物的闲情逸致，哪怕是本来很喜爱的月亮，也难得留意了，即便留意到了，也没有了在日记里记上一笔的闲心。

再说生活环境。鲁迅生活的北京，空旷、辽阔，没有什么高楼大厦，也没有多少霓虹灯，空气中也没有多少污染，很容易见到月升月落。而鲁迅生活的上海，则高楼林立、霓虹闪耀，人们往往生活在狭窄的弄堂和弯曲的巷道里，要见到月亮并不容易。即便在今天，北京也远比上海更容易赏月。轻易见不到月亮，是上海时期日记里几乎不出现月亮的一种原因。

喜爱月亮，自然关心月食。鲁迅日记中，有多次月食记载。1912年9月26日的月食，还引出鲁迅在日记中对北人与南人的比较：

> 七时三十分观月食约十分之一，人家多击铜盘以救之，此为南方所无，似较北人稍慧，然实非是，南人爱情漓尽，即月真为天狗所食，亦更不欲拯之，非妄信已涤尽也。[1]

这样的借题发挥，在鲁迅日记中并不多见。这里，作为南人的鲁迅，毫不含糊地褒北人而贬南人。这是一个到北地未久的南人，在月食之夜发泄着对南方的不满。在南方，鲁迅饱受伤害，这些伤害他的人自然都是南人。他是带着对南人的厌弃、愤怨到了北方的。但他毕竟到北京才几个月，不能说对北人有了真正的了解。仅凭北人在月食时击铜盘以救月而南人并不如此，就对南北之人做出褒贬，就断言南人“爱情漓尽”，显然过于情绪化了。二十多年后的1934年，在上海已生活多年的鲁迅，写了《北人与南人》一文，对南北之人进行了正式

1　鲁迅：《壬子日记（一九一二年）》，载《鲁迅全集（第十四卷）》，人民文学出版社1981年版，第20页。

的比较。这回，观点有了明显变化，倒是同情南人的成分居多。当然，文章的重点是强调南北之人各有长短：

> 据我所见，北人的优点是厚重，南人的优点是机灵。但厚重之弊也愚，机灵之弊也狡，所以某先生曾经指出缺点道：北方人是“饱食终日，无所用心”；南方人是“群居终日，言不及义”。就有闲阶级而言，我以为大体是的确的。[1]

实际上，鲁迅后来的日记中，也有上海市民救月亮的记载。1928 年 6 月 3 日：“星期。昙……夜月食，闻大放爆竹。”[2] 放爆竹就是南方人在救月亮。中国人代代相传的对月食的解释是天狗在吃月，救月亮的方式是制造声响吓跑天狗。北京人以击铜盘的方式吓，上海人以放爆竹的方式吓而已。

说鲁迅上海时期的日记里几乎没有对于月亮的记载，当然

1 鲁迅：《北人与南人》，载《鲁迅全集（第五卷）》，人民文学出版社 1981 年版，第 435—436 页。

2 鲁迅：《日记十七〔一九二八年〕》，载《鲁迅全集（第十四卷）》，人民文学出版社 1981 年版，第 715 页。

不意味着绝对没有。月食之外，也有与北京前期类似的记载。1931 年 9 月 26 日："晴……传是旧历中秋也，月色甚佳，遂同广平访蕴如及三弟，谈至十一时而归。"[1] 这天是中秋，又是晴天，月亮大好。在这样的月夜里，鲁迅坐不住了，于是与许广平一起走出家门，踏月向三弟周建人家走去，在周建人家谈到深夜才回。

三

《野草》中的第一篇是《秋夜》，其中这样写到后园的枣树：

> 枣树……简直落尽叶子，单剩干子，然而脱了当初满树是果实和叶子时候的弧形，欠伸得很舒服。但是，有几枝还低亚着，护定他从打枣的竿梢所得的皮伤，而最直最长的几枝，却已默默地铁似的直刺着奇怪而高的天

---

1 鲁迅：《日记二十〔一九三一年〕》，载《鲁迅全集（第十四卷）》，人民文学出版社 1981 年版，第 894—895 页。

空……直刺着天空中圆满的月亮，使月亮窘得发白。[1]

篇末注明写于 1924 年 9 月 15 日。查万年历，这一天是农历八月十七日。鲁迅日记中这一天的记载是："昙。得赵鹤年夫人赴，赙一元。晚声树来。夜风。"[2]"赴"即"讣"。这一天，得到赵鹤年夫人去世的讣告，送赙金一块大洋。晚上有一个来访者。鲁迅应该是在来访者告辞后开始写《秋夜》的。中国有俗语曰："十五的月亮十六圆。"月亮最圆，往往不在十五而在十六，有时则是十七夜里月亮最圆。总之，农历八月十七日，中秋过后的两天，应该是有很圆很大的月亮的，只不过升起得稍晚一点。日记说这一天是阴天，又说"夜风"。既然特意记到风，说明风刮得并不小。也可能夜间大风吹散了阴云，于是朗月在天。如果是这样，枣树的树枝"直刺着天空中圆满的月亮"就是当夜的写实。在《秋夜》里，月亮成了被诘问、被质疑、被责难的对象，或者说，月亮因其过于明亮圆满则显得不

1 鲁迅:《秋夜》，载《鲁迅全集（第二卷）》，人民文学出版社 1981 年版，第 162—163 页。

2 鲁迅:《日记十三〔一九二四年〕》，载《鲁迅全集（第十四卷）》，人民文学出版社 1981 年版，第 513 页。

太光彩。月亮似乎成了一个负面的形象。

这与鲁迅一向对于月亮的喜爱并不矛盾。如果说月亮在鲁迅那里代表着希望，那鲁迅本就有着对希望的怀疑。希望着，同时又怀疑这希望；绝望着，同时也怀疑这绝望。这是鲁迅的基本心态。鲁迅用“圆满”来形容月亮，本来就颇奇特。“圆月”“满月”，都是常见的说法，但圆、满连在一起形容月亮，却很少见。鲁迅用“圆满”形容月亮，目的是要让月亮受窘、让月亮因其“圆满”而难堪。这不是在否定月亮，而是在否定“圆满”。怀疑“圆满”，否定“至善”，是鲁迅固有的思想，也是鲁迅固有的性格。《野草》的第二篇是《影的告别》，写于1924年9月24日。《影的告别》是《野草》中特别阴郁的篇章之一。如果说《秋夜》中还有着明艳和美丽，那么《影的告别》则是一片灰暗。来告别的“影”，首先说出的是这样的话：

> 有我所不乐意的在天堂里，我不愿去；有我所不乐意的在地狱里，我不愿去；有我所不乐意的在你们将来的黄

金世界里，我不愿去。[1]

憎恶地狱，但也并不向往天堂，这是鲁迅的精神特征。鲁迅执着于人间，希望人间越来越美好，但又并不相信会有一个黄金世界的到来。对黄金世界的否定，与对“圆满的月亮”的质疑，在思想和感情上是一致的。两年多后的 1926 年 11 月 7 日，鲁迅在厦门给友人写信，其中说：

> 我本来不大喜欢下地狱，因为不但是满眼只有刀山剑树，看得太单调，苦痛也怕很难当。现在可又有些怕上天堂了。四时皆春，一年到头请你看桃花，你想够多么乏味？即使那桃花有车轮般大，也只能在初上去的时候，暂时吃惊，决不会每天做一首“桃之夭夭”的。[2]

拒绝地狱，也拒绝天堂，这与《影的告别》表达的意思一

---

1 鲁迅：《影的告别》，载《鲁迅全集（第二卷）》，人民文学出版社 1981 年版，第 165 页。

2 鲁迅：《厦门通信（二）》，载《鲁迅全集（第三卷）》，人民文学出版社 1981 年版，第 374 页。

脉相承，也与《秋夜》中对“圆满”的否定若合符节。

鲁迅是在谈及厦门的花长开不败时说了这番话的。鲜花固然美丽，初开时也令人欣喜，但若日复一日、月复一月，总是那么鲜艳着，却也令人生厌。在北京生活了好多年，见惯了花虽好而易败，对厦门的花长开不败，反而不习惯了，甚至有些“怕敢看”了。再美好的东西，如果单调、僵滞、呆板，也令鲁迅“怕敢看”。鲁迅并非不爱花，而是不爱花的长开不败。对月亮的感情亦复如此。鲁迅喜欢月亮，但比起满月、圆月来，鲁迅更喜欢那种缺月、残月。前面说过，鲁迅特别喜爱雨雪之后出现的月亮，现在应该说，鲁迅特别喜爱雨雪之后出现的缺月、残月。这样的月亮，分外明净，但又带着几分冷寂、凄清。这样的月亮，让鲁迅感到更真实，也更能令鲁迅生出亲切之感，而那种过于圆满的月亮，带着些热闹、喜庆，反而可能让鲁迅感到虚假、感到幻灭。

> 我早先岂不知我的青春已经逝去了？但以为身外的青春固在：星，月光，僵坠的胡蝶，暗中的花，猫头鹰的不祥之言，杜鹃的啼血，笑的渺茫，爱的翔舞……。虽然是

悲凉漂渺的青春罢，然而究竟是青春。[1]

这是《野草》中《希望》里的一段。在列举“身外的青春”时，鲁迅首先说到了星、月光。星、月，象征着希望，这在小说《故乡》中也表现得很明显。

《故乡》中有两次“深蓝的天空中挂着一轮金黄的圆月”。第一次是“我”回乡后因母亲提及闰土而想起闰土少年时在月光下看瓜捕猹的情形，第二次是结尾：

我在朦胧中，眼前展开一片海边碧绿的沙地来，上面深蓝的天空中挂着一轮金黄的圆月。我想：希望是本无所谓有，无所谓无的。这正如地上的路；其实地上本没有路，走的人多了，也便成了路。[2]

这象征着希望的月亮，虽然是“金黄的圆月”，但却不给

1 鲁迅：《希望》，载《鲁迅全集（第二卷）》，人民文学出版社 1981 年版，第 177 页。

2 鲁迅：《故乡》，载《鲁迅全集（第一卷）》，人民文学出版社 1981 年版，第 485 页。

人以热闹、喜庆之感，倒也有几分冷寂、凄清。

说鲁迅对过于圆满的月亮反而有些拒斥，是在与缺月、残月相比较而言的。鲁迅喜欢月亮，缺残之月、圆满之月都喜欢，但比较起来，更喜欢前者，如此而已。月亮因过于圆满而受质疑，也仅仅在《秋夜》中有过。在《故乡》中，“圆月”是以正面的形象挂在天上的。在小说《白光》和《孤独者》中，出现的也是圆月。《白光》中的陈士成，参加十六回县考，都以失败告终，精神错乱了。他的邻居们，每到县考后发榜，看见陈士成呆滞、绝望的目光，都早早关了门、熄了灯，不敢惹他。第十六回落第后，邻居们又是如此。陈士成回到家中，四周一片寂静，而“独有月亮却缓缓的出现在寒夜的空中”。四邻躲避落第的陈士成，月亮却偏偏要出现在陈士成的头顶：

> 空中青碧到如一片海，略有些浮云，仿佛有谁将粉笔洗在笔洗里似的摇曳。月亮对着陈士成注下寒冷的光波来，当初也不过像是一面新磨的铁镜罢了，而这镜却诡秘

的照透了陈士成的全身，就在他身上映出铁的月亮的影。[1]

这时的月亮，是以嘲讽者的姿态出现的。月亮像一个智者，看透了陈士成的内心，它以冷峻的眼光注视着陈士成。它无力阻止陈士成疯狂的升级，它带着冷峻，也带着哀怜，来与陈士成告别。这天晚上，精神错乱的陈士成死于城外的湖中。在陈士成溺水前，小说又一次写到月亮：

陈士成似乎记得白天在街上也曾听得有人说这种话，他不待再听完，已经恍然大悟了。他突然仰面向天，月亮已向西高峰这方面隐去，远想离城三十五里的西高峰正在眼前，朝笏一般黑魆魆的挺立着，周围便放出浩大闪烁的白光来。[2]

如果说，月亮是带着冷峻、带着哀怜来与陈士成告别，它

1 鲁迅：《白光》，载《鲁迅全集（第一卷）》，人民文学出版社 1981 年版，第 544 页。

2 鲁迅：《白光》，载《鲁迅全集（第一卷）》，人民文学出版社 1981 年版，第 546 页。

却又不忍见到陈士成最后的时刻，于是在陈士成的疯狂达到顶点前“隐”去了。这是冷酷的月亮，但冷酷的外表下有着温暖；这是无情的月亮，但道是无情却有情。

小说《孤独者》中，当魏连殳的棺盖正在盖上时，也有月亮来告别：

> 敲钉的声音一响，哭声也同时迸出来。这哭声使我不能听完，只好退到院子里；顺脚一走，不觉出了大门了。潮湿的路极其分明，仰看太空，浓云已经散去，挂着一轮圆月，散出冷静的光辉。[1]

魏连殳的死令“我”悲哀，但悲哀中却又有着释怀。魏连殳以精神自虐的方式表达着对世俗的愤嫉。活着，对于他早已是十分痛苦的事情，死，倒是一种解脱。魏连殳的活着，令“我”牵挂、令“我”担忧。现在魏连殳死了，“我”也可以把牵挂和担忧放下了。魏连殳的死，无论是对于他本人还是对于

1　鲁迅：《孤独者》，载《鲁迅全集（第二卷）》，人民文学出版社 1981 年版，第 107 页。

作为友人的“我”，都不仅是坏事，同时也是好事。月亮“散出冷静的光辉”，说明月亮也不以魏连殳的死为单纯的不幸。这是“冷静”的月亮，更是“浓云”散去后的月亮。小说以这样的方式结束：

> 我的心地就轻松起来，坦然地在潮湿的石路上走，月光底下。[1]

在心地“轻松”之前，“我”听见了一种声音，像是一匹受伤的狼在深夜的旷野中嚎叫，“惨伤里夹杂着愤怒和悲哀”。这是魏连殳活着时的哀鸣。现在，魏连殳终于从这样的“愤怒和悲哀”中解脱，“我”也便从对魏连殳的牵挂和担忧中解脱。在“冷静”的月光下，“我”“轻松”“坦然地”走着。

1　鲁迅：《孤独者》，载《鲁迅全集（第二卷）》，人民文学出版社 1981 年版，第 108 页。

四

1933年6月8日，鲁迅写了《夜颂》。《夜颂》作为杂文收入《准风月谈》，是集中的第一篇。这篇《夜颂》也可算是一篇奇文，作为散文诗出现在《野草》中也完全够格。《夜颂》以这样的话开头："爱夜的人，也不但是孤独者，有闲者，不能战斗者，怕光明者。"鲁迅自己，无疑是一个"爱夜的人"。在鲁迅看来，夜间的世界是更真实的人间：

> 人的言行，在白天和在深夜，在日下和在灯前，常常显得两样。夜是造化所织的幽玄的天衣，普覆一切人，使他们温暖，安心，不知不觉的自己渐渐脱去人造的面具和衣裳，赤条条地裹在这无边际的黑絮似的大块里。[1]

爱夜，是因为在夜间人们往往卸下了伪装，露出真面目。鲁迅强调："爱夜的人要有听夜的耳朵和看夜的眼睛，自在暗

1 鲁迅：《夜颂》，载《鲁迅全集（第五卷）》，人民文学出版社1981年版，第193页。

中，看一切暗。”[1]白日的“光明”并不是真正的光明，是“黑暗的装饰，是人肉酱缸上的金盖，是鬼脸上的雪花膏”[2]。而在夜间，由于没有了“日光”这虚假的“光明”，反而让善于“听夜”和“看夜”者，感到夜间的世界比白日的世界更为光明：“爱夜的人于是领受了夜所给与的光明”。白日的黑暗并不比夜间更少，夜间的光明或许比白日更多，这是爱夜者爱夜的理由。

黑暗和光明，是《夜颂》的两个关键词，也是鲁迅全部作品的两个关键词。鲁迅爱夜，鲁迅的作品基本是在夜间完成的。在夜间，鲁迅凝视着人间的黑暗；在深夜里，鲁迅更清楚地看到了白日的黑暗。鲁迅爱夜，更爱月夜。日光，是黑暗的装饰，月光却并不具有这样的性质。月光不能掩饰人间的黑暗，所以，月光是比日光更真实的光明。

鲁迅 1927 年 9 月 10 日的日记是这样记述的：“旧历中秋。晴。下午陈延进来，赠以照相一枚。夜纂《唐宋传奇集》略

---

1 鲁迅：《夜颂》，载《鲁迅全集（第五卷）》，人民文学出版社 1981 年版，第 193 页。

2 鲁迅：《夜颂》，载《鲁迅全集（第五卷）》，人民文学出版社 1981 年版，第 194 页。

具，作序例讫。”[1]这一天夜间，鲁迅将《唐宋传奇集》基本编纂好，并写了《〈唐宋传奇集〉序例》。这是中秋夜，日记中虽未记述月亮，在《〈唐宋传奇集〉序例》的末尾，却写下了这样的话：“中华民国十有六年九月十日，鲁迅校毕题记。时大夜弥天，璧月澄照，饕蚊遥叹，余在广州。”[2]“大夜弥天”与“璧月澄照”，形成一种强烈的对照，这是黑暗与光明的对照。再明亮的月夜，也仍然是夜，月亮并不能改变夜的性质；但璧月澄照的夜，毕竟不同于黑絮一般的夜。澄照的璧月虽然不能改变夜的性质，但却让夜充满光明，一种比白日更真实的光明。“大夜弥天”而“璧月澄照”，让人有无穷的回味。

喜欢月夜的鲁迅，有时在与人通信时也谈到月亮。1926年9月22日，到厦门未久的鲁迅给许广平写信说：“昨天中秋，有月……”[3]几天后的9月25日，给许广平的信中则说：“今夜的月色还很好，在楼下徘徊了片时，因有风，遂回，已

1 鲁迅：《日记十六〔一九二七年〕》，载《鲁迅全集（第十四卷）》，人民文学出版社1981年版，第670页。

2 鲁迅：《〈唐宋传奇集〉序例》，载《鲁迅全集（第十卷）》，人民文学出版社1981年版，第143页。

3 鲁迅：《两地书》，载《鲁迅全集（第十一卷）》，人民文学出版社1981年版，第123页。

是十一点半了。”[1] 21日是农历十五，25日这天已是农历十九了。十九的月亮，已是缺月了，升起得也较迟。夜间十一点左右，大半个月亮挂在天上，周遭十分安静，人们大抵进入了梦乡，间或有最早的秋虫开始有一声无一声地鸣叫。这样的月夜，鲁迅在屋中坐不住了，走到了月光下。可惜因近海而风大，不然，鲁迅会在这样的月光下徘徊许久吧。

1927年1月16日，鲁迅在厦门登上海轮，前往广州。当夜，在船上，鲁迅给友人李小峰写了一封长信，谈了些生活中的琐事。最后，鲁迅写了这样一段：

> 我的信要就此收场。海上的月色是这样皎洁；波面映出一大片银鳞，闪烁摇动；此外是碧玉一般的海水，看去仿佛很温柔。我不信这样的东西会淹死人的。但是，请你放心，这是笑话，不要疑心我要跳海了，我还毫没有跳海的意思。[2]

---

1 鲁迅：《两地书》，载《鲁迅全集（第十一卷）》，人民文学出版社1981年版，第128页。

2 鲁迅：《海上通信》，载《鲁迅全集（第三卷）》，人民文学出版社1981年版，第401页。

查万年历，1927 年 1 月 16 日是农历腊月十三。十三的月亮，也还是缺月。这种并不“圆满”的月亮本就是鲁迅分外喜欢的。在信的开头，鲁迅说海上“毫无风涛，就如坐在长江的船上一般”。皎洁的月光照在风平浪静的海面，使碧玉一般的海面银光闪闪。面对如此美景，鲁迅竟然想到了死。这让我们相信，这样的月光触动了鲁迅心中最柔软的那一块。这样的月光，让鲁迅伤感，让鲁迅心中涌现出说不清道不明的情绪。

1927 年 9 月 24 日。鲁迅离开广州前夕，写了《小杂感》，其中一段是：

> 要自杀的人，也会怕大海的汪洋，怕夏天死尸的易烂。
>
> 但遇到澄静的清池，凉爽的秋夜，他往往也自杀了。[1]

我以为，这段话表达的意思与鲁迅年初在海上的体验有关。“澄静的清池，凉爽的秋夜”，容易让人产生死的念头。这

1　鲁迅：《小杂感》，载《鲁迅全集（第三卷）》，人民文学出版社 1981 年版，第 532—533 页。

段小杂感没有说到月亮，但我们分明感到，这是月色醉人的秋夜，这是在月光照耀下银鳞闪闪的清池。如果没有皎洁的月光，池塘如何显现其澄与清呢？所以，要诱人自杀，月光是必不可少的。

月夜里的鲁迅是伤感的。当我们想象着月夜里的鲁迅，当我们看到鲁迅举头凝视着那或大或小、或圆或缺的月亮，我们更多地感受到了鲁迅性格中温软的一面，更深地体味到了鲁迅精神上阴润的一面，更强烈地意识到了鲁迅心理上柔弱的一面。我们对鲁迅性格中坚硬的一面、对鲁迅精神上阳刚的一面、对鲁迅心理上强大的一面，已经说了很多。当然不能说已有的这种言说是在歪曲鲁迅，但如果仅仅只看到鲁迅的坚硬、阳刚、强大，却感受不到鲁迅的伤感，体味不到鲁迅的温软、阴润、柔弱，那呈现在我们面前的，就不能说是很真实的鲁迅。

（原刊《文艺研究》2013 年第 11 期）

论光复会与同盟会之争对鲁迅的影响

一

读鲁迅，有一些疑惑长久地存在于心中。例如，鲁迅对孙中山和蔡元培的态度就是很微妙的，且偶尔在杂文、书信和日记中表现出来。

1925 年 3 月 12 日，孙中山病逝于北京，其时同在北京的鲁迅没有公开发表悼念性的文字。翌年 3 月 10 日，鲁迅写了

《中山先生逝世后一周年》，发表于3月12日《国民新报》的《中山先生逝世周年纪念特刊》。1926年3月10日鲁迅日记记曰："晨寄邓飞黄信并稿。"[1]邓飞黄是《国民新报》的总编辑，鲁迅寄的这稿便是《中山先生逝世后一周年》，文章是应邓飞黄之请而作。行文的简略、粗放，也表明这是一篇应景之作。在这篇纪念性的文章里，鲁迅肯定了孙中山，其核心是这样几句话：

> 他是一个全体，永远的革命者。无论所做的那一件，全都是革命。无论后人如何吹求他，冷落他，他终于全都是革命。[2]

鲁迅虽然写下这篇纪念性的文章，但却没有将其收入自编的任何一种文集。1935年5月，杨霁云编选、鲁迅亲自校订并作序的《集外集》出版，收入自1903年至1933年间未收入各

---

1 鲁迅：《日记十五〔一九二六年〕》，载《鲁迅全集（第十四卷）》，人民文学出版社1981年版，第592页。

2 鲁迅：《集外集拾遗·中山先生逝世后一周年》，载《鲁迅全集（第七卷）》，人民文学出版社1981年版，第294页。

种文集的文章，也没有收入这篇《中山先生逝世后一周年》。在《集外集》编选过程中，鲁迅多次致信杨霁云。在1934年12月11日、14日、16日、18日鲁迅给杨霁云的信中，主要是谈哪些文章可收入《集外集》，哪些则不必收入，但没有谈及《中山先生逝世后一周年》。杨霁云在搜集鲁迅未入集文章时完全没有注意这篇纪念孙中山逝世的文章，而鲁迅自己也将其完全忘记了，这种可能性不能说完全没有，但不大。从1925年12月到1926年4月，鲁迅在《国民新报》上发表了十多篇文章，《这个与那个》《"公理"的把戏》《这回是"多数"的把戏》由鲁迅编入《华盖集》，《有趣的消息》《古书与白话》《送灶日漫笔》《谈皇帝》《"死地"》《空谈》由鲁迅编入《华盖集续编》。《国民新报》创刊于1925年8月，1926年4月即停刊。在这份报纸短暂的历史上，《中山先生逝世周年纪念特刊》应该是很重要的选题策划和政治行动，杨霁云怎么会不注意到这篇文章？鲁迅又怎么会独独忘了这篇文章？鲁迅逝世后的1938年，《鲁迅全集》出版，《集外集拾遗》由许广平编定后纳入全集，在这《集外集拾遗》中收入了《中山先生逝世后一周年》。这篇文章，应该不是许广平从陈旧的《国民新报》上拾取的，而是本来就在家里、就在手边。这意味着，鲁迅生前一直不愿意把这篇文章编入自己的文集中。

1935 年 2 月 24 日，鲁迅在致杨霁云信中写下了这样一段话：

> 中山革命一世，虽只往来于外国或中国之通商口岸，足不履危地，但究竟是革命一世，至死无大变化，在中国总还算是好人。假使活在此刻，大约必如来函所言，其实在那时，就已经给陈炯明的大炮击过了。[1]

应该是杨霁云在写给鲁迅的信中谈及了孙中山，假设他活在当时，会受到怎样的打击、迫害，才引出鲁迅这一番议论。这番话表达的，无疑是鲁迅对孙中山的更真实、更全面的看法。“革命一世”，当然是肯定，这与十年前所写的《中山先生逝世后一周年》中的评价一致，但“足不履危地”则是十年前公开发表的纪念文章中没有的。这无论如何不能说是一句好话。

蔡元培应该说是颇有恩于鲁迅的，二人也算保持交谊到最

---

1 鲁迅：《350224　致杨霁云》，载《鲁迅全集（第十三卷）》，人民文学出版社 1981 年版，第 65 页。

后。通常情况下，鲁迅对蔡元培表现得很尊敬，但公开非议蔡元培的情形也有，在私下里，鲁迅就多次表现出对蔡元培的不敬。据1926年2月5日《晨报》报道，1926年2月3日，从欧洲甫抵上海，蔡元培就对国闻社记者发表了关于国内局势的谈话，表示“对政制赞可联省自治”，谈话中且有“对学生界现象极不满。谓现实问题，固应解决，尤须有人埋头研究，以规将来”[1]等语。1926年2月27日，鲁迅写《无花的蔷薇》，发表于3月8日出版的《语丝》周刊，其中之“4”是针对蔡元培在上海的谈话：

蔡子民先生一到上海，《晨报》就据国闻社电报郑重地发表他的谈话，而且加以按语，以为“当为历年潜心研究与冷眼观察之结果，大足诏示国人，且为知识阶级所注意也。”

我很疑心那是胡适之先生的谈话，国闻社的电码有些

---

1 转引自鲁迅《华盖集续编·无花的蔷薇》，载《鲁迅全集（第三卷）》，人民文学出版社1981年版，第256页。

错误了。[1]

鲁迅公开指名道姓地批评蔡元培，只有这一次，而且批评得十分委婉，但在与章廷谦的私人通信中，则数次表达对蔡元培的调侃、嘲讽。

1927 年 6 月 12 日，鲁迅致章廷谦的信中有这样一段话：

> 我很感谢你和介石向孑公去争，以致此公将必请我们入研究院。然而我有何物可研究呢？古史乎，鼻已"辨"了；文学乎，胡适之已"革命"了，所余者，只有"可恶"而已。可恶之研究，必为孑公所不大乐闻者也，其实，我和此公，气味不投者也，民元以后，他所赏识者，袁希涛蒋维乔辈，则十六年之顷，其所赏识者，也就可以类推了。[2]

1 鲁迅：《华盖集续编·无花的蔷薇》，载《鲁迅全集（第三卷）》，人民文学出版社 1981 年版，第 256 页。

2 鲁迅：《270612　致章廷谦》，载《鲁迅全集（第十一卷）》，人民文学出版社 1981 年版，第 547 页。

此处的“介石”名郑奠。1927年2月17日，北伐军进入杭州。3月1日，在杭州成立了浙江临时政治会议，蔡元培是委员之一，同时还代理张静江任政治会议主席。5月间，浙江省拟建立浙江大学研究院，蔡元培参与筹备。其时鲁迅辞去了中山大学的一切职务而人仍在广州。章廷谦、郑奠等人“向孑公去争”，就是力争蔡元培聘请鲁迅到浙江大学研究院任职。鲁迅不愿意回浙江，也就罢了，还说了一通对蔡元培颇不恭敬的话，强调自己与蔡“气味不投”。

1927年9月19日，鲁迅虽在广州但已决定尽快离粤赴沪，在致章廷谦的信中谈了自己接下来的行踪：

> 自然先到上海，其次，则拟往南京，不久留的，大约至多两三天，因为要去看看有麟，有一点事，但不是谋饭碗，孑公复膺大学院长，饭仍是蒋维乔袁希涛口中物也。复次当到杭州，看看西湖北湖之类，而且可以畅谈。但这种计画，后来也许会变更，此刻实在等于白说。[1]

1　鲁迅：《270919　致章廷谦》，载《鲁迅全集（第十一卷）》，人民文学出版社1981年版，第576页。

1927 年 4 月，南京国民政府一成立，蔡元培、李石曾等便提议建立中华民国大学院，作为国家最高学术教育行政机关。6 月，该提议得到认可，蔡元培被任命为大学院院长。大学院相当于教育部。民国成立时，蔡元培任教育总长，这回是第二次执掌教育部，所以鲁迅用了“复膺”一词。这番话中谈及蔡元培时，仍然是不够恭敬的。

1927 年 11 月 7 日，鲁迅已从粤到沪，在致章廷谦的信中说：

> 季茀本云南京将聘绍原，而迄今无续来消息，岂蔡公此说，所以敷衍季茀者欤，但其实即来聘，亦无聊。[1]

季茀即许寿裳。国民政府大学院成立时，许寿裳被聘为秘书。大约此前许寿裳说建议大学院聘江绍原为特约著作员并得到蔡认可，但到这一天仍无准信，所以鲁迅怀疑蔡元培是在“敷衍”许寿裳，又说即使真聘，“亦无聊”。

---

1 鲁迅：《271107　致章廷谦》，载《鲁迅全集（第十一卷）》，人民文学出版社 1981 年版，第 592 页。

1927年12月9日，鲁迅在致章廷谦信中，又说到了江绍原与蔡元培：

> 绍原欲卖文，我劝其译文学，上月来申，说是为买书而来的。月初回去了，闻仍未买，不知何也。大约卖文之处，已稍有头绪欤？
>
> 太史之类，不过傀儡，其实是不在话下的。他们的话听了与否，不成问题，我以为该太史在中国无可为。[1]

说江绍原"大约卖文之处，已稍有头绪"，是猜测江绍原被大学院聘为特约著作员事已有结果。"太史"指蔡元培，因蔡曾是清末翰林，故有此种调侃。

其实，许寿裳同时向蔡元培推荐了鲁迅和江绍原，鲁迅此前也知道此事。1927年12月18日的鲁迅日记，有这样的记述："晚收大学院聘书并本月分薪水泉三百。"[2]实际上，鲁迅和

---

1 鲁迅：《271209　致章廷谦》，载《鲁迅全集（第十一卷）》，人民文学出版社1981年版，第602—603页。

2 鲁迅：《日记十六〔一九二七年〕》，载《鲁迅全集（第十四卷）》，人民文学出版社1981年版，第684页。

江绍原最终都被大学院聘请为特约著作员，而每月三百大洋的薪水，是颇为可观的。

中国近代史专家陈旭麓写有《孙中山与鲁迅》一文，其中说鲁迅不愿将《中山先生逝世后一周年》一文收入文集，是因为鲁迅“感到它是一篇不太成熟之作而任其飘零”，而鲁迅之所以说孙中山“足不履危地”，则“是指他不能到群众中去组织革命力量”。[1]我觉得这样的解释有几分牵强。鲁迅与孙中山没有私人交往，而他与蔡元培则可谓私交颇深。他在致章廷谦的数封信中对蔡元培的讥讽、怨怒，如果就事论事，有些难以理解。尤其是“我和此公，气味不投者也”“太史之类，不过傀儡……我以为该太史在中国无可为”一类的话，表面来看显得很过分。这总让人感到有更复杂的原因隐藏在时间深处。

实际上，鲁迅对孙中山是有“保留”的，对颇有恩于自己的蔡元培也有不满，这种不满是超越私人恩怨的。鲁迅对孙中山、蔡元培内心深处的某种排斥，应该与当初光复会与同盟会的激烈冲突有关。光复会与同盟会之争，不仅影响了鲁迅对孙

---

1 陈旭麓:《孙中山与鲁迅》, 载《近代史思辨录》, 广东人民出版社 1984 年版, 第 331 页。

中山、蔡元培的态度，也影响了鲁迅对蒋介石和南京国民政府的态度。

二

关于光复会与同盟会之争，许多著作都有过叙述，在此毋庸详细叙述其冲突过程，只依据相关资料简略说明。

冯自由所著的《中华民国开国前革命史》，有专章（第三十五章）叙述光复会之兴衰。冯自由说："光复会成于前清甲辰（清光绪二十九年）之冬，而源流则出自癸卯（清光绪二十八年）留日学生所设军国民教育会。"所谓"前清甲辰"，就是1904年。当时，一群留日学生先是在日本组织了"义勇队"，后因日本政府不允许外国人在日本有军事行为，遂改称"军国民教育会"。不久，这些留日学生"以满虏甘心卖国，非从事根本改革，决难自保，于是纷纷归国，企图军事进行。"[1]他们认为，清政府甘心卖国，欲救国须先推翻清政府，而推翻清政

1 冯自由:《中华民国开国前革命史》，广西师范大学出版社2011年版，第239页。

府，只有依靠“军事进行”。回国后，他们在上海成立了光复会。光复会成立时，蔡元培、陶成章、龚宝铨（章太炎的女婿）是主要领导人。蔡元培其时任中国教育会会长，得知陶成章、龚宝铨等人成立了这个组织，主动要求加入，而陶、龚等自然十分欢迎。蔡元培颇有声望，遂被推为会长。此时章太炎尚在狱中，但也参与其事。章导在《章太炎与王金发》一文中说：“我父太炎先生虽因《苏报案》，身系上海西牢，闻光复会成立，暗中积极支持，欣然参与。”[1]“光复会”之名，就出自章太炎1903年5月为邹容《革命军》所作的序：“同族相代，谓之革命；异族攘窃，谓之灭亡；改制同族，谓之革命；驱逐异族，谓之光复。今中国既灭亡于逆胡，所当谋者光复也，非革命云尔。”[2]按章太炎的说法，推翻清政府，不能谓之“革命”，只能谓之“光复”，所以陶成章们把他们志在推翻清政府的团体称为“光复会”。光复会成立时章太炎虽在狱中，但出狱后则成为光复会的重要人物。1913年，章太炎撰《光复军志

1 章导：《章太炎与王金发》，载陈平原、杜玲玲编《追忆章太炎》，生活·读书·新知三联书店2009年版，第111页。

2 章太炎：《革命军序》，载汤志钧编《章太炎政论选集》上册，中华书局1977年版，第193页。

序》，说："而光复会初立，实余与蔡元培为之魁，陶成章、李燮和继之。"[1] 这大体符合事实。

冯自由在《中华民国开国前革命史》中说："光复会既成立，与会者独浙皖两省志士，而他省不与焉。"[2] 这是说，刚开始时，加入光复会者，都是浙皖两省人。其实皖人尚少，主要是浙人，而浙人中又主要是绍兴人。谢一彪、陶侃合著的《陶成章传》中说，光复会的主要会员基本上是浙江人，尤以绍兴人为多，如蔡元培、陶成章、徐锡麟、秋瑾、陈伯平等都是绍兴人。其实正因为最初的领导人主要是绍兴人，所以后来发展的绍兴籍会员也特别多，"光复会的首任会长、副会长以及主要骨干，几乎都是绍兴人。兄弟相邀，父子联袂入会者，比比皆是，仅《绍兴市志》有名可查的光复会会员就有 265 人"[3]。甚至可以说，光复会就是"绍兴会"。

光复会真正的灵魂和柱石，是陶成章。冯自由说："会长蔡元培闻望素隆，而短于策略，又好学，不耐人事烦扰，故经

1 章太炎:《光复军志序》，载汤志钧编《章太炎政论选集》下册，中华书局 1977 年版，第 681 页。

2 冯自由:《中华民国开国前革命史》，广西师范大学出版社 2011 年版，第 240 页。

3 谢一彪、陶侃:《陶成章传》，人民出版社 2009 年版，第 98 页。

营数月，会务无大进展。”[1]蔡元培是一块好招牌、一面好旗帜，但却不是合格的实干家。联络会党、筹措经费，这些事蔡元培办不了。策划、组织和指挥武装斗争，蔡元培就更不成了。当然，章太炎在这些方面也不比蔡元培好多少。写文章、办报纸，章太炎堪称好手，但更实际、更艰难的工作也干不了。陶成章则在这些方面有着卓越的才干。所以，光复会成立几个月以后，真正撑起门面、使光复会发展壮大的，是陶成章、龚宝铨等人。

陶成章1878年1月生，绍兴陶家堰人，号焕卿，长鲁迅三岁多。他自幼便萌生反清思想，后来愈加强烈。甲午之战，中国败于日本，使陶成章认为，欲救中国，必须首先推翻清朝统治。而且陶成章一向主张“中央革命”，即在清朝统治的核心地带发动军事攻击。1900年，陶成章只身北上，打算在颐和园刺杀慈禧，未能如愿，于是游历满蒙地区，考察山川民情，为直捣清廷老巢做准备。[2]1901年，他“再度北上”入

---

1 冯自由:《中华民国开国前革命史》，广西师范大学出版社2011年版，第240页。

2 参见樊光《我所知道的陶成章》，载中国人民政治协商会议浙江省绍兴县委员会文史资料工作委员会编《陶成章史料（〈绍兴文史资料选辑〉第六辑）》，1987年，第20页。

京，希图策划“中央革命”，仍然无功而返。[1] 1902 年，陶成章三度北上燕京，这回，他更加意识到军事斗争的必要，想进陆军学校学习军事，但也未能实现。[2] 当光复会在上海成立时，陶成章欣然加入其中并很快成为实际的领导人。徐锡麟也是有实干精神和杰出能力者。陶成章、龚宝铨、徐锡麟这几个绍兴人，很快把大本营移到绍兴，“即光复会本部之事权，亦已由上海而移于绍兴焉”[3]。光复会在上海成立后，陶成章等人认为应该在留日学生中积极发展会员。1904 年年底，陶成章、魏兰一同到了东京，成立光复会东京分部，蒋尊簋、许寿裳等人是第一批在东京入会的会员。鲁迅是否也于此时加入了光复会，至今仍是疑案。

鲁迅与陶成章早就相识，则是毫无疑问的。鲁迅于 1902 年 3 月赴日本，9 月间，陶成章在蔡元培资助下也到日本留学。同在东京，都是绍兴人，二人很快便相遇、相识并成为好

1 参见陶玄《陶成章与光复会》，载中国人民政治协商会议江苏省暨南京市委员会文史资料研究委员会编《江苏文史资料选辑》第六辑，江苏人民出版社 1981 年版，第 59 页。

2 参见陶成章《浙案纪略》，载中国史学会主编《辛亥革命》（三），上海人民出版社 1957 年版，第 22 页。

3 冯自由:《中华民国开国前革命史》，广西师范大学出版社 2011 年版，第 240 页。

友。沈瓞民在《记光复会二三事》中说，1900 年冬，杭州教育界人士成立了“浙学会”，因受到清政府迫害，遂移至日本东京活动。1903 年 2 月，东京浙江同乡会创办《浙江潮》杂志。1903 年 10 月，浙学会举行秘密集会，商讨以武装革命的方式推翻清朝统治的问题。沈瓞民说，其时陶成章正在东京，军国民教育会的魏兰、龚宝铨正准备回国，而周树人（豫才）在弘文学院读书，都是革命意志坚决之人。[1] 从沈瓞民的回忆看，鲁迅参与了这类活动，当然也就与陶成章相识。

陶成章的族叔陶冶公，其时也在东京加入了光复会。他后来回忆说，在日本期间陶成章与鲁迅往来十分密切。陶成章是鲁迅住处的常客，经常与龚宝铨、陈子英等人到鲁迅处畅谈，有时就在鲁迅那里吃饭，饭菜虽极简单，但陶成章却总是吃得津津有味。[2] 周作人也几次说及在日期间陶成章与鲁迅的交往。在写于 1936 年 11 月 7 日的《关于鲁迅之二》中，周作人说，留日期间，鲁迅虽然“始终不曾加入同盟会”，“也没有加入光

1 参见沈瓞民《记光复会二三事》，载中国人民政治协商会议浙江省绍兴县委员会文史资料工作委员会编《陶成章史料（〈绍兴文史资料选辑〉第六辑）》，1987 年，第 101 页。

2 参见周芾棠《陶冶公忆鲁迅与“中越馆”的一段史实》，载绍兴市政协文史资料委员会编《绍兴文史资料》第四辑，浙江人民出版社 1988 年版，第 49 页。

复会”，但经常出入民报社，“所与往来者多是与同盟会有关系的人”。

> 当时陶焕卿（成章）也亡命来东京，因为同乡的关系常来谈天，龚未生（龚宝铨字未生——引者注）大抵同来。焕卿正在联络江浙会党中人，计划起义，太炎先生每戏呼为焕强盗或焕皇帝，来寓时大抵谈某地不久可以“动”起来了，否则讲春秋时外交或战争情形，口讲指画，历历如在目前。尝避日本警吏注意，携文件一部分来寓属代收藏，有洋抄本一，系会党的联合会章，记有一条云，凡犯规者以刀劈之。又有空白票布，红布上盖印，又一枚红缎者，云是“龙头”。焕卿尝笑语曰，填给一张正龙头的票布何如？数月后焕卿移居，乃复来取去。以浙东人的关系，豫才似乎应该是光复会中人了。然而又不然。这是什么缘故呢？我不知道。[1]

1 周作人：《关于鲁迅之二》，载鲁迅博物馆、鲁迅研究室、《鲁迅研究月刊》选编《鲁迅回忆录：专著》中册，北京出版社 1999 年版，第 892—893 页。

“龙头”就是会党首领。让鲁迅填一张“正龙头”的票布，就是让鲁迅在光复会中当个头领。周作人强调了鲁迅与陶成章的亲密无间，也让人们知道陶成章极其信任鲁迅，最隐秘之事亦不瞒鲁迅，但又强调他并未加入光复会。

由于没有登记表、会员证一类原始资料证明鲁迅曾加入光复会，他是否曾是光复会会员便一直是有争议的问题。认为鲁迅没有加入光复会者，主要依据便是周作人的回忆。但其时也在东京、与鲁迅亲如兄弟的许寿裳，却认为鲁迅曾加入光复会。许寿裳最早说及此事，是 1937 年撰《鲁迅年谱》时。1944 年，在答复林辰就此事询问的信中，许寿裳又说：“光复会会员问题，因当时有会籍可凭，同志之间，无话不谈，确知其为会员，根据惟此而已。至于作人之否认此事，由我看来，或许是出于不知道，因为入会的人，对于家人父子本不相告的。”[1] 林辰写有《鲁迅曾入光复会之考证》，以许多资料证明鲁迅确如许寿裳所说，曾是光复会会员。倪墨炎也曾很细致地考证了鲁迅加入光复会的问题。这位研究者 2006 年出版的专

1 林辰：《鲁迅曾入光复会之考证》，载朱正等《鲁迅史料考证》，河北教育出版社 2000 年版，第 9 页。

著《鲁迅的社会活动》，上编第三部分是“鲁迅加入光复会”。倪墨炎除了援引种种他人言说证明鲁迅曾加入光复会外，还从鲁迅自身的某些言行中见出其是光复会会员的可能。倪墨炎指出，辛亥革命中绍兴光复时，鲁迅是绍兴府中学堂学监，相当于教务长，但绍兴民众集会，却公推鲁迅为主席，商讨如何迎接绍兴光复；鲁迅还带领学生佩带刀枪，上街维持秩序。这些行为，与鲁迅中学堂学监的身份不大相符，也不大合乎其一贯的性格，所以，倪墨炎认为：“这些活动都像是光复会布置他做的。”[1] 鲁迅 1912 年 6 月 21 日日记中有收到共和党事务所信的记载，次日日记中则有“收共和党证及徽识”[2] 之记载。倪墨炎认为，共和党于 1912 年 5 月成立时，原光复会会员都转为共和党党员。正因为鲁迅曾是光复会会员，所以也收到党证党徽，在未征得本人同意的情况下，将其“转入了共和党”[3]。

其实，鲁迅是否在组织上加入过光复会并不重要，重要的是思想上是否曾加入光复会。可以说，鲁迅在思想上、情感上

1　倪墨炎：《鲁迅的社会活动》，上海人民出版社 2006 年版，第 60 页。

2　鲁迅：《壬子日记（一九一二年）》，载《鲁迅全集（第十四卷）》，人民文学出版社 1981 年版，第 6 页。

3　倪墨炎：《鲁迅的社会活动》，上海人民出版社 2006 年版，第 60 页。

确实曾经加入光复会。至于是否填过入会表，是否领取过会员证，是否履行过入会手续，实在无关宏旨。

三

冯自由在《中华民国开国前革命史》中说：

> 是时留日十七省革命志士在东京发起中国同盟会，已历数月，浙江人入会者有蒋尊簋、秋瑾数人。成章于丙午东渡，旋即加入，且见推为民报之发行人。元培于同盟会成立之初，已由本部指定为上海分部创办员，因是光复会员泰半入同盟会籍。独锡麟志大心雄，不欲依人成事，且因捐官办学二事与成章意见不洽，故卒未入会。[1]

这说的是光复会会员加入同盟会之事。1905 年 8 月，中国同盟会在东京成立，孙中山被推为总理，以东京为同盟会本

---

1 冯自由：《中华民国开国前革命史》，广西师范大学出版社 2011 年版，第 240 页。

部，黄兴任庶务，大概相当于常务副总理，主持本部日常工作。而光复会会员则大多加入了同盟会，蔡元培、章太炎、陶成章等人都成了同盟会会员。但是，光复会会员是以个人身份加入同盟会，并非光复会作为一种组织并入同盟会。沈瓞民在《记光复会二三事》中强调："有人认为光复会已并入同盟会，这样说法是不符合史实的。"秋瑾是先加入同盟会，后加入光复会，可见同盟会成立后，光复会仍然作为一个独立的组织存在着。"一九〇九年（已酉），光复会总部移设东京，推章炳麟为会长，陶成章为副会长。"[1] 徐锡麟作为光复会的重要成员，就拒绝加入同盟会。而徐锡麟 1907 年在安庆刺杀安徽巡抚恩铭，也只能视为光复会的行动。同盟会成立时，蔡元培是光复会会长。光复会会员以个人身份加入同盟会，应该与蔡元培的示范和提倡有关。蔡元培加入同盟会后，立即成为同盟会上海分部的领导人，在同盟会中这也是重要角色。这时候，蔡元培既当着光复会会长，又当着同盟会上海分部领导人，可谓在两个组织中都是要角。而此后，蔡元培日益向同盟会靠拢，光复

1　沈瓞民：《记光复会二三事》，载中国人民政治协商会议浙江省绍兴县委员会文史资料工作委员会编《陶成章史料（〈绍兴文史资料选辑〉第六辑）》，1987 年，第 105 页。

会最初的会长后来成了国民党元老。

光复会会员以个人身份加入同盟会，光复会领导人章太炎、陶成章很快与同盟会领导人孙中山、黄兴等发生尖锐冲突，以致发展到两个组织水火不容的地步，同盟会不仅在上海刺杀陶成章，在许多地方都对光复会会员进行迫害、屠杀。

章太炎 1906 年 6 月 29 日出狱，当晚即登上赴日本的航船，到日本后即加入同盟会，并于 9 月间接任《民报》主编。此后不久，章太炎即与孙中山发生剧烈冲突。周作人在《鲁迅的故家》中说，在鲁迅、周作人等人往民报社听章太炎讲课期间，“《民报》被日本政府所禁止了……发行禁止之外，还处以百五十元的罚金。《民报》虽说是同盟会的机关报，但孙中山系早已不管，这回罚金也要章太炎自己去付，过期付不出，便要一元一天拉去作苦工了。到得末了一天，龚未生来找鲁迅商量，结果转请许寿裳挪用了《‘支那’经济全书》译本的印费一部分，这才解了这场危难。为了这件事，鲁迅对孙系的同盟会很是不满……”[1]

1　周遐寿：《鲁迅的故家》，载鲁迅博物馆、鲁迅研究室、《鲁迅研究月刊》选编《鲁迅回忆录：专著》中册，北京出版社 1999 年版，第 1041 页。

鲁迅对孙中山领导的同盟会不满，不仅是出于道义，也因为这事直接给他带来了损害。周作人说，鲁迅那时经济很拮据，只得做校对挣点小钱。恰逢湖北在翻印同文会编《“支那”经济全书》，由湖北学生译出，正准备付印。负责此事的陈某毕业回国，便将此事托付许寿裳，“鲁迅便去拿了一部分校正的稿来工作。这报酬大概不会多，但没有别的法子，总可以收入一点钱吧”[1]。既然全书的印费挪去交罚款了，鲁迅的那点儿校对报酬也会受影响。总之，从这时起，鲁迅或许便对同盟会心怀不满了。

因为钱的问题，章太炎、陶成章等还与孙中山一系发生了更激烈的冲突。据汤志钧所编《章太炎年谱长编》，1907年，章太炎与孙中山发生“异议”。年初，日本政府应清政府要求，驱逐孙中山出境，孙中山便与胡汉民、汪精卫等立即离开日本到了越南。孙中山离日前得到日本政府和股票商人铃木久五郎馈金一万五千元，却只留二千元作为《民报》经费，让章太炎大为不满。不久，又传来潮州、惠州起义失败的消息，于是，

1 周遐寿:《鲁迅的故家》，载鲁迅博物馆、鲁迅研究室、《鲁迅研究月刊》选编《鲁迅回忆录：专著》中册，北京出版社1999年版，第1037页。

"五月，章太炎又在东京就潮、惠起义失败及孙中山离日前分配馈款事，发起攻击，要罢免孙中山的总理职务，改选黄兴继任，遭到黄兴、刘揆一等的反对。"[1]冯自由在《革命逸史》中说，章太炎还做出更激烈的举动，他把挂在《民报》社的孙中山的照片拿下，在下面写道："卖《民报》之孙文应即撤去。"章太炎以为孙中山尚在香港，竟把照片寄往香港，羞辱孙中山。[2]

如果说章太炎与孙中山颇为不睦，那陶成章与孙中山的矛盾就更尖锐，最后甚至势同水火。章太炎在《自定年谱》中说："是岁（1907 年——引者注）山阴徐锡麟伯荪刺杀安徽巡抚恩铭。伯荪性阴鸷，志在光复，而鄙逸仙为人。余在狱时，尝一过省，未能尽言也。后以道员主安徽巡警学堂，得间遂诛恩铭，为虏所杀。其党会稽陶成章焕卿时在日本，与余善，焕卿亦不憙逸仙。而李柱中以萍乡之败，亡命爪哇，焕卿旋南行，深结柱中，遂与逸仙分势矣。"[3]徐锡麟一开始就没有加入同盟会，1907 年是作为光复会会员在安庆刺杀恩铭的。章太

1 汤志钧编：《章太炎年谱长编（增订本）》上册，中华书局 2013 年版，第 148 页。
2 参见冯自由《革命逸史》第五集，中华书局 1981 年版，第 191 页。
3 章太炎：《自定年谱》，转引自汤志钧编《章太炎年谱长编（增订本）》上册，中华书局 2013 年版，第 139 页。

炎说徐锡麟“鄙逸仙为人”，这大概也是他不愿加入同盟会的原因之一。而“焕卿亦不憙逸仙”，不喜到也不愿为伍的程度。陶成章遂与李燮和（即李柱中）携手脱离孙中山和同盟会，独立进行革命活动。总之，章太炎、陶成章们与孙中山一系发生了一系列冲突，他们几次要求罢免孙中山的“总理”职务，未能得到黄兴等人认可，便决意脱离同盟会了。从 1907 年开始，章太炎、陶成章等光复会会员与孙中山一系矛盾公开化，相互在报刊上恶语攻击。1909 年，陶成章着手重组光复会。1910 年 2 月，重组的光复会在东京设立总部，章太炎任会长，陶成章任副会长，“南洋英、荷各埠亦设分会”，“和同盟会在南洋争夺权力”。[1]

光复会与同盟会虽同为革命组织，都志在推翻清政府、光复中华，但却争权夺利、水火不容。如果说当清政府尚未推翻时，光复会与同盟会虽然冲突、对立，还能并存于世，那么推翻清政府后，一山不容二虎的局面立即出现，光复会与同盟会的矛盾冲突也就上升到你死我活的地步，最后以光复会的柱石陶成章被刺杀收场。

---

1 汤志钧编:《章太炎年谱长编（增订本）》上册，中华书局 2013 年版，第 184 页。

章太炎在1912年的《自定年谱》中说："初，赵伯先之死，未有疑克强者，焕卿不能分别，并恶之。至是，日与黄、陈不合，自设光复军总司令部于上海。余告之曰：'江南军事已罢，招募为无名。丈夫当有远志，不宜与人争权于蜗角间。武昌方亟，君当就蛰仙乞千余人上援，大义所在，蛰仙不能却也。如此既以避逼，且可有功。恋此不去，必危其身。'焕卿不从，果被刺死。"[1]赵伯先即赵声，1911年4月与黄兴共同领导了黄花岗起义，不久即辞世。赵声之死，陶成章怀疑与黄兴有关，于是与黄兴、陈其美的关系日益恶化。"蛰仙"即浙江光复后被推为省都督的汤寿潜。所谓"蜗角"，则指上海。上海光复后，陈其美被推为沪军都督，而陶成章却在上海设立光复军司令部，自任总司令，领导着一支近万人的光复军，与陈其美分庭抗礼。

陈其美决定干掉陶成章，把这一任务交给了最亲密的把兄弟蒋介石。蒋介石与光复会叛徒王竹卿于1912年1月14日凌晨二时许，在上海广慈医院的病房里，将陶成章枪杀。陶成章

1 章太炎:《自定年谱》，转引自汤志钧编《章太炎年谱长编（增订本）》上册，中华书局2013年版，第214—215页。

是光复会的灵魂。陶成章一死，光复会也就瓦解、溃散了。

历史学家杨天石曾摘出蒋介石的一段日记并加以评说。蒋介石在 1943 年 7 月 26 日的日记中写道："看总理致吴稚晖先生书，益愤陶成章之罪不容诛。余之诛陶，乃出于为革命、为本党之大义，由余一人自任其责，毫无求功、求知之意。然而总理最后信我与重我者，亦未始非由此事起，但余与总理始终未提及此事也。"杨天石说："这则日记很有意思，说明蒋介石始终认为他在 1912 年刺陶是'革命行动'，出于'大义'，其授意者虽非孙中山，二人之间也始终未谈及此事，但蒋介石自我估计，孙中山之所以长期信任他、重视他，却和此事密切相关。"[1] 通常认为，1922 年 4 月陈炯明"叛变"，孙中山逃到永丰舰上，而蒋介石危难中来到身边、陪侍左右，自此获得孙中山的好感与信任。而实际上，蒋之获得孙中山赏识，可能比这早了十年。

陶成章被杀，意味着光复会与同盟会的矛盾发展到极致，于是，同盟会排斥、迫害甚至残杀光复会会员之事在多地发生。冯自由在《中华民国开国前革命史》中说，光复会会员、

1　杨天石：《寻找真实的蒋介石》（上），山西人民出版社 2008 年版，第 12 页。

在潮汕光复中卓有功勋的汕头民军司令许雪秋、陈芸生等人，“与同盟会员之领军者不合，势成水火”[1]。许、陈等人最终还是被同盟会杀害。章太炎得知此事，立即发表致孙中山的公开信，敦促孙出面阻止此种行为继续发生。章太炎说：“自癸、甲以来，徐锡麟之杀恩铭、熊成基之袭安庆，皆光复会旧部人也。近者，李燮和攻拔上海，继是复浙江，下金陵，光复会新旧部人，皆与有力。虽无赫赫之功，庶可告无罪于天下。”这是强调光复会在推翻清政府过程中的功业。章太炎接着表示光复会与同盟会之间，“纵令一二首领，政见稍殊，胥附群伦，岂应自相残贼”。这是说，即使光复会与同盟会的几个领袖政见有所不同，底下的人也不应该相互残杀。但是，同盟会会员残杀光复会会员的事情毕竟发生了，章太炎对孙中山说：“惟愿力谋调处，驰电传知，庶令海隅苍生，咸得安堵。”[2]

1 冯自由:《中华民国开国前革命史》，广西师范大学出版社 2011 年版，第 249 页。

2 章太炎此信以《章太炎先生致临时大总统书》为题发表于 1912 年 1 月 28 日《大共和日报》，转引自汤志钧编《章太炎政论选集》下册，中华书局 1977 年版，第 557—558 页。

四

陶成章被杀，使章太炎与孙中山的关系进一步恶化，更使得章太炎痛恨蒋介石，终身站在与蒋介石敌对的立场上。

1926 年 8 月 13 日，章太炎发出通电，反对北伐，对蒋介石尽情责骂："详其一生行事，倡义有功者，务于摧残至尽，凡口言国家主义者，谓之反革命，是其所谓革命者，非革他人之命，而革中华民国之命也。""且其天性阴鸷，反颜最速。""权利所在，虽蚁伏叩头以求解免，必不可得，幸而为彼容纳，则奴隶之下，更生阶级，地权兵柄，悉被把持。"[1] 蒋介石政权当然也会以某种方式教训章太炎。1927 年 6 月 16 日，国民党上海特别市党部临时执行委员会以"通缉学阀事呈中央"，而请求中央"实行通缉"的"著名学阀"中，名列第一的，便是章太炎。[2] 蒋介石推行"以党治国"，也让章太炎不满，而蒋介石以青天白日旗取代五色旗为国旗，尤令章太炎悲愤。

1　该通电以《章炳麟通电》为题发表于 1926 年 8 月 15 日《申报》，转引自汤志钧编《章太炎年谱长编（增订本）》上册，中华书局 2013 年版，第 507 页。

2　参见汤志钧编《章太炎年谱长编（增订本）》上册，中华书局 2013 年版，第 512 页。

他在1928年5月27日致李根源的信中说："今之拔去五色旗，宣言以党治国者，皆背叛民国之贼也。前后诸子罪状，惟袁氏与之相等，而徐、段、曹辈，皆视此为轻。"[1]章太炎把蒋介石与袁世凯相提并论，认为都是背叛民国的罪人。6月3日，黎元洪卒于天津。6月5日，章太炎致李根源信中说："地坼天崩，哀感何极！唯中华民国业已沦亡，公在亦徒取辱，任运而去，未始非幸。"[2]章太炎为黎元洪作的挽联是："继大明太祖而兴，玉步未更，倭寇岂能干正统；与五色国旗俱尽，鼎湖一去，谯周从此是元勋。"下署"中华民国遗民章炳麟哀挽"。[3]章太炎以"中华民国遗民"自称，意味着在他看来，"中华民国"已然灭亡，蒋介石政权决不能代表这个国家。1928年11月21日，在一个记者招待会上，"章太炎又责骂孙中山，对新三民主义也大肆攻击"，于是，上海市三区党务指导委员会以章太炎"图谋危害政府"，议决通缉，并由上海特别市党务指

1 汤志钧编：《章太炎年谱长编（增订本）》上册，中华书局2013年版，第515页。

2 汤志钧编：《章太炎年谱长编（增订本）》上册，中华书局2013年版，第515页。

3 汤志钧编：《章太炎年谱长编（增订本）》上册，中华书局2013年版，第516页。

导委员会常会通过。《申报》1928 年 11 月 22 日在“本埠新闻”中以《三区党部呈请通缉章太炎》为题，报道了此事，并刊载了三区党部的呈文，其中对章太炎极尽辱骂之能事。11 月 24 日，上海特别市党务指导委员会召开第五十八次常会，“宣传部提案，呈请中央通缉反动分子章炳麟案。议决，通过”。《申报》11 月 25 日在“本埠新闻”中报道了这一“议决”。[1]

章太炎是作为一个老光复会会员在与蒋介石政权作对。光复会与同盟会之争，陶成章被杀，同盟会在各地排斥、迫害、残杀光复会会员，这些恩怨使得章太炎对孙中山始终不满，对蒋介石则尤为痛恨。鲁迅即便没有在组织上加入光复会，也在情感上、思想上认同光复会，这一点前面已经说过。所以，在某种意义上，鲁迅也站在光复会的立场上，对孙中山有所不满，对蒋介石和蒋介石政权心存憎恶。

仅仅是陶成章被杀，就足以令鲁迅对蒋介石怨恨终身了。陶死后，鲁迅应该是经常想起他，仅仅 1926 年春夏，便几次在公开发表的文章中提及他。

1　参见汤志钧编《章太炎年谱长编（增订本）》上册，中华书局 2013 年版，第 517—518 页。

1926 年 5 月，鲁迅写《为半农题记〈何典〉后，作》，本来与陶成章没有什么关系，但鲁迅忽然说起了陶成章：

想起来已经有二十多年了，以革命为事的陶焕卿，穷得不堪，在上海自称会稽先生，教人催眠术以糊口。有一天他问我，可有什么药能使人一嗅便睡去的呢？我明知道他怕施术不验，求助于药物了。其实呢，在大众中试验催眠，本来是不容易成功的。我又不知道他所寻求的妙药，爱莫能助。两三月后，报章上就有投书（也许是广告）出现，说会稽先生不懂催眠术，以此欺人。清政府却比这干鸟人灵敏得多，所以通缉他的时候，有一联对句道："著《中国权力史》，学日本催眠术。"

《何典》快要出版了，短序也已经迫近交卷的时候。夜雨潇潇地下着，提起笔，忽而又想到用麻绳做腰带的困苦的陶焕卿，还夹杂些和《何典》不相干的思想。但序文已经迫近了交卷的时候，只得写出来，而且还要印上去。我并非将半农比附"乱党"，——现在的中华民国虽由革命造成，但许多中华民国国民，都仍以那时的革命者为乱党，是明明白白的，——不过说，在此时，使我回忆从前，念及几个朋友，并感到自己的依然无力而已。[1]

在潇潇的雨夜，鲁迅满怀深情地回忆了陶成章。是对“中华民国”之现状的不满让鲁迅想起了陶成章，说起了陶成章。

1926 年，鲁迅在《补白》一文中有一段文字专忆陶成章：

清的末年，社会上大抵恶革命党如蛇蝎，南京政府一成立，漂亮的士绅和商人看见似乎革命的人，便亲密的说道：“我们本来都是‘草字头’，一路的呵。”

徐锡麟刺杀恩铭之后，大捕党人，陶成章君是其中之一，罪状曰：“著《中国权力史》，学日本催眠术。”（何以学催眠术就有罪，殊觉费解。）于是连他在家的父亲也大受痛苦；待到革命兴旺，这才被尊为“老太爷”；有人给“孙少爷”去说媒。可惜陶君不久就遭人暗杀了，神主入祠的时候，捧香恭送的士绅和商人尚有五六百。直到袁世

---

1 鲁迅：《华盖集续编·为半农题记〈何典〉后，作》，载《鲁迅全集（第三卷）》，人民文学出版社 1981 年版，第 305—306 页。

凯打倒二次革命之后，这才冷落起来。[1]

这简略地回忆了陶成章生前死后的荣辱变化，对陶成章的怀念和敬佩之情溢于言表。

章导的《记先父母章太炎、汤国梨在抗战中二三事》一文这样开头："先父在一九二八年以后，为陶成章被杀事，始终耿耿不忘，由此而遭到国民党上海特别市党部'通缉'。"[2]陶成章被杀的确令章太炎耿耿不忘；同样耿耿不忘的，还有鲁迅。章太炎、鲁迅对蒋介石痛恨，绝不仅仅因为陶成章被杀，但仅仅有陶成章被杀，就足以让章太炎、鲁迅终身憎恶蒋介石。

现在我们明白了，孙中山逝世一周年，鲁迅应约写了《中山先生逝世后一周年》，以为纪念，但却终身不愿将此文收入文集的原因了。写这篇纪念文章，是因为鲁迅认为孙中山的确是值得纪念的伟人。而不愿将纪念文章收入集中，则说明鲁迅

1　鲁迅：《华盖集·补白》，载《鲁迅全集（第三卷）》，人民文学出版社 1981 年版，第 102 页。

2　章导：《记先父母章太炎、汤国梨在抗战中二三事》，载陈平原、杜玲玲编《追忆章太炎》，生活·读书·新知三联书店 2009 年版，第 117 页。

心中始终对孙中山存有芥蒂。在私人通信中说孙中山“足不履危地”，是对孙中山的微词，但同时也隐含着将孙中山与陶成章对照之意。作为同盟会首领的孙中山“足不履危地”，而作为光复会首领的陶成章则刀山剑树、出生入死，自然也曲折地表达了对光复会与同盟会的褒贬。

1927年4月，鲁迅在广州目睹了国共合作的破裂和国民党的清党。对国民党屠杀共产党，鲁迅十分义愤。1927年5月6日，日本记者山上正义在广州访问了鲁迅，后来在《谈鲁迅》一文中记述了这天鲁迅的表现：

> 在鲁迅潜伏的一家民房的二楼上同鲁迅对坐着，我找不出安慰他的言语。刚好有一群工人纠察队举着工会旗和纠察队旗，吹着号从窗子里望得见的大路上走过去。
>
> 靠窗外的电杆上贴着很多清党的标语，如“打倒武汉政府”、“拥护南京政府”，等等，在这下面，甚至还由于没有彻底剥光而残留着几天以前新贴的“联共容共是总理之遗嘱”、“打倒新军阀蒋介石”等意义完全相反的标语。
>
> 鲁迅望着走过的工会纠察队说：“真是无耻之徒！直

到昨天还高喊共产主义万岁，今天就到处搜索共产主义系统的工人了。”给他这么一说，那倒确是些右派工会工人，充当公安局的走狗，干着搜索、逮捕左派工人的勾当。

从鲁迅的评语中，只能感到一种近乎冷峻、阴暗和绝望的东西。我只有默默地听着，而找不到一句安慰的言语。[1]

前面说过，1924 年开始的国共合作，很像当初光复会与同盟会的“合作”。而国共的矛盾、冲突也有些像当初光复会与同盟会的矛盾、冲突。鲁迅目睹国民党对共产党的清除、屠杀，一定想到了当初蒋介石杀陶成章和同盟会在各地对光复会会员的排斥、迫害、杀戮，因而表现出冷峻、阴暗和绝望。

鲁迅对蔡元培的非议，也应该从光复会与同盟会的矛盾、冲突中找原因。蔡元培是光复会首任会长。在光复会与同盟会“合作”后，光复会的领袖人物章太炎、陶成章等很快与同

1 [日]山上正义:《谈鲁迅》，载鲁迅博物馆、鲁迅研究室、《鲁迅研究月刊》选编《鲁迅回忆录：散篇》下册，北京出版社 1999 年版，第 1553 页。

盟会的孙中山一系发生尖锐的矛盾、冲突，最后陶成章被同盟会杀害，光复会会员在各地遭到同盟会迫害、残杀。而蔡元培却一直与同盟会保持良好的关系，在同盟会成立后的几年间担任同盟会上海地区领导人。这种与章太炎、陶成章等相异的做派，无疑令章、陶等人有所非议，也令鲁迅腹诽。这还是小事。最令鲁迅不能理解的，应该是蔡元培对国民党清党的支持。1926 年 2 月初，蔡元培从欧洲归来。据高平叔编著的《蔡元培年谱》和周天度的《蔡元培传》，1927 年 3 月 28 日，国民党右派吴稚晖、李石曾、古应芬在上海召开国民党中央监察委员会常务会议，推举蔡元培为主席。会上，吴稚晖宣称“共产党员谋叛国民党”，提议对共产党进行弹劾，而蔡元培附和吴稚晖，主张“取消共产党人在国民党党籍”[1]。吴稚晖的提案获得通过，常务会议委托吴稚晖拟具草案，提交监察委员会全体会议公决。这次监察委员会常务会议，把清党反共运动定名为“护党救国运动”。在蒋介石与共产党和国民党左派的斗争中，明确地站在了蒋介石一边。1927 年 4 月 18 日，蒋介石的南京国民政府成立，由蔡元培代表国民党中央党部授印，胡

1　张晓唯:《蔡元培》，团结出版社 2011 年版，第 116 页。

汉民代表国民政府接印。蔡元培发表演说，声称当时的武汉国民政府是“受共产党妨害”和俄国人操纵的“破坏政府”，表示应该消灭这个政府。6 月 20 日至 21 日，蒋介石、冯玉祥等人在徐州开会，决定取消武汉国民政府、驱逐共产党。蔡元培与李石曾、吴稚晖、张静江以国民党元老身份参加了会议。[1]当蒋介石执掌国民党大权后，章太炎、蔡元培这两个光复会元勋表现出截然相反的政治姿态，而鲁迅无疑是站在章太炎一边的。蒋介石的清党，令鲁迅想到蒋介石当年对陶成章的刺杀和同盟会对光复会的迫害，因而义愤填膺，而这一行为却得到蔡元培的支持。尽管在私人关系层面，蔡元培有恩于鲁迅，也仍然让鲁迅对蔡元培的行为看在眼里、厌在心里。也正是在国民党清党开始后不久，鲁迅在私人通信中表示与蔡元培“气味不相投”。到了 20 世纪 30 年代，蔡元培也成了蒋介石政权的批判者，并与宋庆龄、杨杏佛等人组织中国民权保障同盟。同盟成立后，蔡元培亲自写信邀请鲁迅加入同盟，鲁迅欣然应允，二人的关系又变得亲密起来。

1928 年 11 月，章太炎被国民党当局通缉。1930 年，鲁迅

1　参见周天度《蔡元培传》，人民出版社 1984 年版，第 258—260 页。

因为参加自由运动大同盟也被国民党当局通缉。两个与光复会关系极深的人，在由同盟会变成的国民党治下，都成了通缉犯，命运颇为相似。这时候，鲁迅与章太炎虽然并无来往，但却深切地怀念着章太炎。1933 年 6 月 18 日，在致曹聚仁的信中，鲁迅忽然说起章太炎：

> 古之师道，实在也太尊，我对此颇有反感。我以为师如荒谬，不妨叛之，但师如非罪而遭冤，却不可乘机下石，以图快敌人之意而自救。太炎先生曾教我小学，后来因为我主张白话，不敢再去见他了，后来他主张投壶，心窃非之，但当国民党要没收他的几间破屋，我实不能向当局作媚笑。以后如相见，仍当执礼甚恭（而太炎先生对于弟子，向来也绝无傲态，和蔼若朋友然），自以为师弟之道，如此已可矣。[1]

虽然章太炎晚年的表现令鲁迅“心窃非之”，但这并不影

---

1 鲁迅：《330618　致曹聚仁》，载《鲁迅全集（第十二卷）》，人民文学出版社 1981 年版，第 185 页。

响鲁迅对他的敬爱。鲁迅提及了国民党对章太炎的迫害，而自己也正受着同样的迫害。1936 年 6 月 14 日，章太炎病逝于苏州，各种新闻报道和悼念文章都只说章太炎在“国学”研究上的巨大成就，“朴学大师”成了章太炎唯一的头衔。针对此种状况，鲁迅于 10 月 9 日扶病写了《关于太炎先生二三事》，强调“战斗的文章，乃是先生一生中最大，最久的业绩”[1]。10 月 17 日，又开始写《因太炎先生而想起的二三事》。这篇未完的文章中，提及了章太炎当年与吴稚晖的激烈论战。在回顾了章、吴二人当年的笔战后，鲁迅说：“这笔战愈来愈凶，终至夹着毒詈，今年吴先生讥刺太炎先生受国民政府优遇时，还提起这件事，这是三十余年前的旧账，至今不忘，可见怨毒之深了。”[2] 吴稚晖于 1936 年 1 月 1 日在《东方杂志》上发表《回忆蒋竹庄先生之回忆》，为其在辛亥革命前受到章太炎指摘、攻击的行为辩护，并对章太炎大肆辱骂：“从十三年到今，我是在党里走动，人家看了好像很得意；他不愿意投青天白日的旗

1 鲁迅：《且介亭杂文末编·关于太炎先生二三事》，载《鲁迅全集（第六卷）》，人民文学出版社 1981 年版，第 547 页。

2 鲁迅：《且介亭杂文末编·因太炎先生而想起的二三事》，载《鲁迅全集（第六卷）》，人民文学出版社 1981 年版，第 558 页。

帜之下，好像失意。”这是说，自 1924 年以后吴稚晖与章太炎彻底分道扬镳。吴稚晖是 1905 年加入同盟会的会员，当年章太炎与吴稚晖之争，某种意义上是光复会与同盟会之争的一部分。1924 年后，吴稚晖在国民党中“走动”，而章太炎与国民党挥手告别。吴稚晖接着说：“今后他也鼎鼎大名的在苏州讲学了，党里的报纸也盛赞他的读经主张了。说不定他也要投青天白日旗的下面来，做什么国史馆总裁了。”[1] 吴稚晖重算三十余年前的旧账，对章太炎尽情嘲骂。当年的章太炎，在论战中嬉笑怒骂、所向披靡。如今，一来早无兴趣与人论战，二来身体状况也很差。吴稚晖应该是知道章太炎已无心和无力应战，才旧事重提，但鲁迅看不下去了。写了《关于太炎先生二三事》后，又写《因太炎先生而想起的二三事》，目的之一就是要代替章太炎应对吴稚晖的挑战。鲁迅想起的二三事中，就有吴稚晖当年的滑稽表现、丑恶行径。不妨说，鲁迅代替章太炎狠狠地回击了吴稚晖。可以说，鲁迅是作为学生在替老师应战；也可以说，鲁迅是作为一个当年同情、认同光复会的人，

1 吴稚晖：《回忆蒋竹庄先生之回忆》，转引自汤志钧编《章太炎年谱长编（增订本）》上册，中华书局 2013 年版，第 559 页。

在替过去的光复会会员回击过去的同盟会会员。可惜，这篇《因太炎先生而想起的二三事》，鲁迅未写完便离开了人世。

林辰在《鲁迅曾入光复会之考证》中说："至于他后来常常用那么亲切的笔触去述说那'用麻绳做腰带的困苦的陶焕卿'，他对章太炎的终生敬礼不衰，我想，这都和入光复会有关，决不仅是什么单纯的'同乡'或师生关系所能解释的。"[1]一定要说鲁迅曾经加入了光复会才对陶成章、章太炎终生怀着深情，未免胶柱鼓瑟。重复一次前面已说过的话：鲁迅是否在组织上加入过光复会，并不重要；重要的是，在当年是同情、认同光复会的，当光复会与同盟会发生争执、势同水火时，是站在光复会一边的。而这，对鲁迅终生都有影响。

（原刊《文艺研究》2017 年第 5 期）

1　林辰：《鲁迅曾入光复会之考证》，载朱正等《鲁迅史料考证》，河北教育出版社 2000 年版，第 7 页。

《野草》的创作缘起

一

1924年9月15日，鲁迅写了《秋夜》，这是散文诗集《野草》的第一篇。1926年4月10日，鲁迅写了《一觉》，是为《野草》的最后一篇。鲁迅为何在这不到两年的时间里创作了这样一部散文诗集，已有研究者从时代背景、同时代散文诗创作状况、外国文学的影响以及鲁迅本人创作经历等方面做了不同的阐释。孙玉石的专著《〈野草〉研究》《现实的与哲学的——鲁迅〈野草〉重释》是这方面的代表性成果。

北洋政府统治下的社会黑暗，被认为是催生《野草》的现实政治原因。李何林出版于1973年的《鲁迅〈野草〉注解》，首先论述《野草》产生的社会背景，其开篇第一句便强调，鲁迅在《野草》的《题辞》中说“我自爱我的野草，但我憎恶这以野草作装饰的地面”，而这“地面”就是“产生野草的社会背景”[1]。孙玉石在《〈野草〉研究》中，也对《野草》的产生与时代背景的关系进行了比较具体的分析。鲁迅创作《秋夜》的时候，在江浙地区发生了齐燮元与卢永祥之间的战争，打了四十天。而1924年9月15日至11月3日，张作霖与曹锟、吴佩孚之间进行了第二次直奉战争。冯玉祥趁机发动北京政变，赶走了曹锟、吴佩孚。此后，段祺瑞重新成为中华民国执政府的总执政。孙玉石强调，从这时候至鲁迅1926年8月离开北京，北京处在段祺瑞政府的宰制下，“陷入了中国近代史上又一个最反动最黑暗的时期”[2]。

---

1 李何林：《鲁迅〈野草〉注解》，陕西人民出版社1973年版，第1页。

2 孙玉石：《〈野草〉研究》，北京大学出版社2010年版，第3页。

黑暗的现实是催生《野草》的原因之一，“五四”时期散文诗创作已颇具声势则是《野草》诞生的另一种原因。鲁迅是中国现代小说的开山者，但在散文诗创作上却是步他人后尘。据孙玉石考察，中国现代散文诗创作始于 1918 年，刘半农是最早尝试散文诗的创作者。刘半农最初的一批散文诗创作发表于《新青年》。1921 年成立的文学研究会大力倡导散文诗创作。文学研究会创办的刊物《小说月报》《文学旬刊》等，既开展关于散文诗的理论争鸣、探讨，也发表散文诗创作。文学研究会旗下的许多作家，诸如冰心、朱自清、许地山、王统照、徐玉诺、焦菊隐、王任叔、徐雉、孙俍工等，都有散文诗发表，而《语丝》《狂飙》等刊物也发表了孙福熙、章衣萍、高长虹等人的散文诗作品。[1] 以往的研究者只是把同时代的散文诗创作状况视作《野草》出现的文学背景，意在强调鲁迅在这样一种文学氛围中创作了《野草》。日本九州大学的秋吉收副教授新近出版的研究《野草》的专著《鲁迅——野草与杂草》，则在更深的层次上阐释了《野草》与同时代散文诗创作的关系。在该著的第一章“徐玉诺与鲁迅”中，秋吉收在细致

1　参见孙玉石《〈野草〉研究》，北京大学出版社 2010 年版，第 230—231 页。

地探究徐玉诺与鲁迅的关系后，指出《野草》中的不少篇什，在主题思想、遣词造句等方面都模仿了徐玉诺的某些散文诗作品。[1]秋吉收摘取两人作品中的只言片语进行对比，从而得出鲁迅的《野草》仿效了徐玉诺散文诗的结论。然而，这样的结论要让人信服，并不容易。

不过，鲁迅的《野草》是明显仿效了一些外国作家的。散文诗是一种外来品种，先有对外国散文诗的翻译、介绍，后有中国现代散文诗创作的产生。既然中国现代散文诗总体上是外来影响的产物，鲁迅的散文诗创作当然也不会例外。李万钧的论文《论〈野草〉的外来影响与独创性》，对《野草》所受的外来影响有清晰的说明。鲁迅创作《野草》时，明显仿效了屠格涅夫等外国作家，其中蕴含的思想，也与尼采多少有些相通。李万钧还指出日本的文艺理论家厨川白村对鲁迅的影响。鲁迅在创作《野草》的同时，也在翻译厨川白村的《苦闷的象征》和《出了象牙之塔》。厨川白村认为，生命力受压抑而产生的苦闷、懊恼，乃是文艺产生的根本原因，而表现这种苦

1　参见［日］秋吉收《鲁迅——野草与杂草》，九州大学出版会2016年版，第33—40页。

闷、懊恼情绪的方法，则是广义的象征主义。鲁迅是比较认同这种观点的。在《苦闷的象征》中，厨川白村还用很大的篇幅论述了文艺创作中的梦幻情境，强调梦境与人类内心情感、欲望的深切关系。这些观点都深刻地影响了鲁迅。鲁迅在创作《野草》时大量运用象征手法，频频写梦，都与厨川白村有关。李万钧更指出，《野草》中的《聪明人和傻子和奴才》明显受了《出了象牙之塔》中的《聪明人》和《呆子》的启发。[1]这样的看法是言之成理的。

《秋夜》是《野草》之始，但却并不是鲁迅散文诗创作之始。早在1919年8月19日至9月9日，鲁迅便在《国民公报》上发表了以《自言自语》为总题的一组散文诗，它们是《火的冰》《古城》《螃蟹》《波儿》《我的父亲》以及《我的兄弟》，这才是鲁迅散文诗创作的最初尝试。1919年的《自言自语》与1924年开始创作的《野草》，有明显的渊源关系，《野草》中的《死火》实际上是对《火的冰》的重写；《野草》中的《风筝》则是对《我的兄弟》的重写。[2]

1　参见李万钧《论〈野草〉的外来影响与独创性》，载俞元桂、黎舟、李万钧《鲁迅与中外文学遗产论稿》，海峡文艺出版社1985年版，第172—184页。

2　参见孙玉石《〈野草〉研究》，北京大学出版社2010年版，第243—244页。

尽管研究者从多个方面对《野草》出现的原因做了论述，但还是有些问题值得一说。

二

在《月夜里的鲁迅》一文中，我曾说《野草》写于1924年9月15日，“查万年历，这一天是农历八月十七日……中秋过后的两天，应该是有很圆很大的月亮的，只不过升起得稍晚一点。”这一晚，鲁迅送走了来访的客人，提笔写《秋夜》，而时间已经不早，一轮圆月已在空中。所以，《秋夜》中“枣树的树枝‘直刺着天空中圆满的月亮’就是当夜的写实”[1]。不过，如果把《秋夜》视作写实，也有难以解释之处。应该说，《秋夜》是写实与想象的融合。在阐明这一点之前，我想先指出：长期以来，《秋夜》中描述的情境，在研究者心目中并不是很清晰；抒情主人公“我”与“野花草”“枣树”的空间关系，在研究者眼中是有些模糊的。“在我的后园，可以看见墙外有

1　参见本书第20页。

两株树，一株是枣树，还有一株也是枣树。”[1]这是《秋夜》奇特而著名的开头。有的研究者解释说：

> 这里的枣树是全篇传达作者情绪的主体性的形象。它既是鲁迅生活的现实中自然景物的真实写照，当时鲁迅所住的居所确然存在着两棵枣树；同时又是全篇主要揭示的孤独的战斗者精神世界的一种艺术象征。作者没有直接地说：“我家的后园有两株枣树”，而是用了现在的这种类似繁琐重复和非同寻常的表现方法，是有他表达思想的特别意图的。[2]

《秋夜》里说的是“可以看见墙外有两株树”，怎能变成“后园有两株枣树”？这两株枣树是长在“我”的后园的墙外，并不属于园内的景物。当研究者认为可以说成“后园有两株枣树”时，是把这两株枣树想象成园中景物的一部分了。在

---

1 鲁迅：《野草·秋夜》，载《鲁迅全集（第二卷）》，人民文学出版社 1981 年版，第 162 页。文中所引《秋夜》原文均出于此。

2 孙玉石：《现实的与哲学的——鲁迅〈野草〉重释》，北京大学出版社 2010 年版，第 17 页。

《秋夜》中，“我的后园”里只有在繁霜欺凌下瑟缩着的“野花草”，战士一般的枣树是在园外。两株枣树是在小院里还是在院墙外，有着不能忽略的差别。

确实可以试着回到鲁迅写作《秋夜》的现场。1923 年 8 月 2 日，鲁迅搬出与周作人共居的八道湾寓所，迁往租住的砖塔胡同六十一号。[1]同时，鲁迅开始四处看房，拟购新宅。1923 年 10 月 30 日，买定阜成门内西三条胡同第廿一号。[2] 1924 年 5 月 25 日，由砖塔胡同迁居装修好了的西三条胡同新居。[3]《野草》就是在西三条胡同写的。

西三条胡同第廿一号原是很破旧的小院，鲁迅买定后进行了改建，改建费超过了购房费。[4]这座小院，北房堂屋向后接出一小间房子，拖到三间北房后面，像拖条尾巴，鲁迅即居此小屋，并戏称为“老虎尾巴”。鲁迅睡觉和工作都在此室。小

---

1 这一天日记有“下午携妇迁居砖塔胡同六十一号”的记载，参见王世家、止庵编《鲁迅著译编年全集》伍，人民出版社 2009 年版，第 77 页。

2 这天日记有“午后杨仲和，李慎斋来，同至阜成门内三条胡同看屋，因买定第廿一号门牌旧屋六间，议价八百”的记载，参见王世家、止庵编《鲁迅著译编年全集》伍，人民出版社 2009 年版，第 92 页。

3 这天日记有“晨移居西三条胡同新屋”的记载，参见王世家、止庵编《鲁迅著译编年全集》伍，人民出版社 2009 年版，第 213 页。

4 1924 年 1 月 15 日日记：“与瓦匠李德海约定修改西三条旧房，工直计泉千廿。”《鲁迅著译编年全集》伍，人民出版社 2009 年版，第 149 页。

屋北面是两扇大玻璃窗，占了整个墙面，而窗外是一个小小的后院，院内有一眼水井和几株小树。许寿裳在《亡友鲁迅印象记》中说：

> 望后园墙外，即见《野草》第一篇《秋夜》所谓“在我的后园，可以看见墙外有两株树，一株是枣树，还有一株也是枣树”。[1]

许钦文在《在老虎尾巴》一文中也回忆说：

> 象在《野草》的《秋夜》上写的，后园有着许多花木和虫鸟。“在我的后园，可以看见墙外有两株树，一株是枣树，还有一株也是枣树。”这已成为大家爱诵的句子。“哇的一声，夜游的恶鸟飞过了。”“后窗的玻璃上丁丁地响，还有许多小飞虫乱撞。”从北窗到后园，连晚上都很

1 许寿裳：《亡友鲁迅印象记》，载鲁迅博物馆、鲁迅研究室、《鲁迅研究月刊》选编《鲁迅回忆录：专著》上册，北京出版社 1999 年版，第 260 页。

热闹的。[1]

鲁迅 1924 年 9 月 15 日日记："昙。得赵鹤年夫人赴，赙一元。晚声树来。夜风。"[2]这一天白天是阴天，鲁迅得到赵鹤年夫人的死讯，赙金一元。晚上，有客人来访。客人走后，时候已经不早了。日记特意记述"夜风"，说明风刮得不小，而不小的风当然能吹散阴云，于是夜空很蓝。农历八月十七的月亮，当然是很大、很圆的。送走客人后，鲁迅推开书房兼卧室的"老虎尾巴"的后门，走到后院。在十分明亮的月光下，鲁迅先是抬眼看见院墙外的一棵枣树和另一棵枣树，然后仰观天象，看见了蓝得有几分怪异的天空，接下来看见了稀疏的几十颗星星在诡异地眨眼。鲁迅又低下头，看见院里的野花、野草。野花和野草在有些寒意的夜里，显得柔弱、可怜。鲁迅于是又抬头看枣树，这回看得更仔细，他看见枣树身上最直、最长的树枝利剑般刺向天空。这时候，一只夜游的鸟发出一声怪

---

1 许钦文：《在老虎尾巴》，转引自薛绥之主编《鲁迅生平史料汇编》第三辑，天津人民出版社 1983 年版，第 62 页。

2 鲁迅：《日记十三〔一九二四年〕》，载《鲁迅全集（第十四卷）》，人民文学出版社 1981 年版，第 513 页。

叫从头顶飞过……此情此景，令鲁迅心中涌出丰富而复杂的感受，使他有了强烈的创作冲动，于是转身回到室内，写下《野草》中的第一篇——《秋夜》。

我认为，《秋夜》在很大程度上是当夜的写实，而《秋夜》中的“我”，也就是鲁迅自己。粗读《秋夜》，容易想象成“我”在书桌前看见后园外的两棵枣树，看见天空的“非常之蓝”，看见枣树的树枝“直刺”天空，看见月亮逃跑似的躲开枣树……但情形并非如此。鲁迅，或者说“我”，是站在后院看见院里院外、天上地下的种种事物，有了无限感慨，随后才回到室内，一气写下《秋夜》。这一层，《秋夜》里是说明了的：“夜半，没有别的人，我即刻听出这声音就在我嘴里，我也即刻被这笑声所驱逐，回进自己的房。灯火的带子也即刻被我旋高了。”鲁迅，或者说“我”，是在深夜的院里站了许久后才回到房里，这一点往往被研究者忽略。

三

如果认为《秋夜》的景物描写完全是当夜的写实，却又有明显说不通之处。在《秋夜》中，夜已经很深了。蓝得怪异的

天空对着园中的野花草恣意地洒下繁霜:

我不知道那些花草真叫什么名字，人们叫他们什么名字。我记得有一种开过极细小的粉红花，现在还开着，但是更极细小了，她在冷的夜气中，瑟缩地做梦……她于是一笑，虽然颜色冻得红惨惨地，仍然瑟缩着。

还有:

枣树，他们简直落尽了叶子。

这些显然不可能是写作《秋夜》当夜的景象。中秋节前后的北京，气候还远没有进入深秋。气象资料显示，北京的农历八月，白天平均气温是 26 摄氏度，如果是晴天的正午，还会有些许炎热感；夜晚平均气温也有 15 摄氏度，虽然有些凉意，但不至于有寒冷之感。北京无霜期近两百天，初霜时间通常在农历九月底。所以，鲁迅写作《秋夜》的农历八月十七，北京还不可能有繁霜洒下，地上的野花草还绝不可能在寒冷中瑟缩、发抖，枣树也不可能已经落尽叶子。如果说那一夜鲁迅的确站在后院看天、看地、看树，并且在有所感后写下《秋夜》，那他写下的就是亦真亦幻的景象，是现实与想象的融会。

为何鲁迅在并不可能有霜的夜里感到了严霜，在并不寒冷的夜里感到了寒冷？这可以有两种解释。一种解释是，这表现的是鲁迅心理的真实。虽然自然界并未进入寒秋，但鲁迅站在那里，却感到有阵阵寒意袭来。“更极细小了”的、“瑟缩地做梦”的、“冻得红惨惨”的，并不是园中的野花草，而是鲁迅自己。此外，葱郁的枣树却落尽了叶子，也是鲁迅的幻觉。鲁迅把自己的主观感受投射到天空、枣树、园中的野花草身上，又把这些用自己的主观感受重塑过的景物写在了纸上。另一种解释是，鲁迅写的是预感中的景象，是即将到来的现实。虽然天空还并没有繁霜洒下，但很快就会有风刀霜剑降临人间；虽然枣树还在勉强葱郁着，但很快就会叶子落得一片也不剩；虽然园中的野花草还显出生机，但很快就会瑟缩、颤抖、凋零。鲁迅预先写下了它们必然会面临的命运。

至于鲁迅为何把并不寒冷的夜写得寒气袭人，原因当然并不简单，但时代和社会的混乱、黑暗的确可视作原因之一。《野草》诞生于 1924 年，而这一年在中国近现代史上具有转折意义。不是从安定转向混乱，而是从混乱转向更混乱；不是从光明转向黑暗，而是从黑暗转向更黑暗。当时的《国闻周报》发表评论说："民国十三年，战乱相寻，杀戮无穷，百业凋敝，民不聊生。"[1]罗志田、杨天宏等人合著的《中华民国史》第五卷也反复强调1924年的转折性特征。该书以这样一句话开篇："1924年春至1926年夏是近代中国政治发生重要转变的时期。"[2]而鲁迅的《野草》正创作于这一时期。北方和南方的政治军事力量的较量在这期间表现出十分复杂的态势，力量的对比急剧变化着。1923年秋曹锟以贿选当上总统，是造成政治军事局势发生重大变化的直接原因。各路军阀分分合合、忽敌忽友，整个中国陷入战乱之中。局势的变化从1924年年初便开始，各种力量的冲突到了《野草》萌生的九月，便发展到必须战场厮杀的地步。9月3日，江浙战争爆发；紧接着，9月15日，也就是鲁迅执笔写《秋夜》的这一天，第二次直奉战争爆发。1924年爆发的军阀混战对黎民百姓的祸害较以

1 李新总主编，中国社会科学院近代史研究所民国史研究室编：《中华民国史》第五卷（1924—1926），中华书局2011年版，第61页。

2 李新总主编，中国社会科学院近代史研究所民国史研究室编：《中华民国史》第五卷（1924—1926），中华书局2011年版，第1页。

前更为严重，这首先是因为双方使用的武器都极大地进步了。1924年8月30日，曹锟命令“装配全部飞机，准备作战”[1]，于是，飞机作为一种作战武器出现在了第二次直奉战争爆发后的中国天空。“第二次直奉战争使用了当时最先进的作战手段而且规模宏大，给社会造成的灾难空前严重”[2]。当时的记者有这样的哀叹：“此次东南东北之战事，杀人盈野，耗财千万，历时及两月，牵动遍全国。人民穷于供应，输卒毙于转徙，加以战地人民财产之丧害，与商业交通机关之损失，综其总数，殆不下数亿万元，元气斫丧，非一二十年不能恢复。”[3]

正因为飞机作为作战武器出现在了北京的上空，所以它也就出现在了鲁迅的《野草》里：

> 飞机负了掷下炸弹的使命，像学校的上课似的，每日上午在北京城上飞行。每听得机件搏击空气的声音，我常

1　参见韩信夫、姜克夫主编《中华民国史　大事记》第三卷（1922—1924），中华书局2011年版，第2010页。

2　李新总主编，中国社会科学院近代史研究所民国史研究室编：《中华民国史》第五卷（1924—1926），中华书局2011年版，第40页。

3　李新总主编，中国社会科学院近代史研究所民国史研究室编：《中华民国史》第五卷（1924—1926），中华书局2011年版，第40—41页。

> 觉到一种轻微的紧张，宛然目睹了“死”的袭来，但同时也深切地感着“生”的存在。
>
> 隐约听到一二爆发声以后，飞机嗡嗡地叫着，冉冉地飞去了。也许有人死伤了罢，然而天下却似乎更显得太平。窗外的白杨的嫩叶，在日光下发乌金光；榆叶梅也比昨日开得更烂漫。收拾了散乱满床的日报，拂去昨夜聚在书桌上的苍白的微尘，我的四方的小书斋，今日也依然是所谓“窗明几净”。[1]

这是《野草》最后一篇《一觉》开头的两段。飞机嗡嗡、炸弹爆炸的世界与自己身边的太平、明净形成对比，而身边小小天地的太平、明净显得那样虚幻。

四

鲁迅本来就对中国社会满怀悲愤。到了1924年9月，在

1 鲁迅:《野草·一觉》，载《鲁迅全集（第二卷）》，人民文学出版社1981年版，第223页。

鲁迅眼里，不仅仅是北京，就连整个中国也如一座地狱。各路军阀、各种力量的争战，无非是在争做地狱的主宰者。《野草》中的《失掉的好地狱》，正是对中国社会现状的隐喻。在写于1931年11月5日的《〈野草〉英文译本序》中，鲁迅说：

> 所以，这也可以说，大半是废弛的地狱边沿的惨白色小花，当然不会美丽。但这地狱也必须失掉。这是由几个有雄辩和辣手，而那时还尚未得志的英雄们的脸色和语气所告诉我的。我于是作《失掉的好地狱》。[1]

《野草》是一丛长在地狱边沿的小花，是鲁迅面对地狱的感受。现在我们回到1924年9月15日深夜写作《秋夜》的现场。那一夜，鲁迅走出小小的卧室兼书斋，站在后院，看着世界，仿佛置身于地狱的边沿。虽然节令并不寒冷，但鲁迅却感到了逼人的寒峭。于是，天空仿佛降下了繁霜；野花草仿佛苦苦挣扎、瑟瑟发抖；枣树的叶子也仿佛被寒风撸光，只剩光秃

---

1 鲁迅：《〈野草〉英文译本序》，载王世家、止庵编《鲁迅著译编年全集》拾叁，人民出版社2009年版，第348页。

秃的树枝。《秋夜》中这样写天空："他的口角上现出微笑，似乎自以为大有深意……"这当然是一种主观感受。《秋夜》里还有这样的表达："我忽而听到夜半的笑声，吃吃地，似乎不愿意惊动睡着的人，然而四周的空气都应和着笑。夜半，没有别的人，我即刻听出这声音就在我嘴里……"这当然也是一种幻觉。所以，天空降下繁霜、野花和野草冻得发抖、枣树落尽叶子，也可以作如是观。

还有一种解释，就是此刻虽然还并不寒冷，枣树还勉强葱郁着，野花和野草还勉强红绿着，但很快北风就会刮起，繁霜就会降下。这与人间世界的步调是一致的。人间的世界也将越来越凄惨，越来越血腥。总之，仿佛站在地狱边沿的鲁迅，切实地感到了寒冷，或者真切地预感到了寒冷，才在其实并不寒冷的夜里写出了寒夜的景象。

在 1924 年 9 月 15 日深夜写下《秋夜》之前，鲁迅应该并没有创作一部散文诗集的打算。9 月 15 日写了《秋夜》，9 月 24 日写了《野草》中的第二篇《影的告别》和第三篇《求乞者》。《秋夜》发表于 12 月 1 日出版的《语丝》周刊第 3 期，写作日期与发表日期相距两个半月；《影的告别》《求乞者》同时发表于 12 月 8 日出版的《语丝》周刊第 4 期，这两篇的写作日期与发表日期也同样相距甚久。《语丝》周刊是鲁迅参与创办的刊物，鲁迅的文章一般是来了便立即发表的。《野草》中的篇什，都发表于《语丝》周刊，而从第五篇《复仇》开始，写作日期与发表日期通常都相距一周左右。《希望》写于1925年1月1日，发表于1月19日出版的《语丝》周刊第10期，写作日期与发表日期相距18天，已经是相距时间最长的了。从第五篇《复仇》开始，写作日期与发表日期相距一两个月的情形再没有出现过。

《语丝》创刊号出版于1924年11月17日，这当然意味着《秋夜》等最初的篇什不可能一写出便在《语丝》发表。但是，从最初的几篇写出到《语丝》创刊也有不短的时间。这期间，鲁迅不断在《晨报》副刊、《京报》副刊、《小说月报》等报刊上发表创作和翻译。这意味着，《秋夜》于9月15日写出后，鲁迅就把它放进了抽屉，没有马上投稿。同样，9月24日接连写出《影的告别》《求乞者》后，也暂时放进了抽屉。与《影的告别》《求乞者》同时发表于《语丝》周刊第4期的，还有《我的失恋》。《我的失恋》篇末注明写于1924年10月3日，本来是要在《晨报》副刊上发表的，但正是《我的失恋》导致了《语丝》的创刊。鲁迅在写于1929年12月22

日的《我和〈语丝〉的始终》中说，《我的失恋》写好后交给《晨报》副刊编辑孙伏园，稿子已经发排，但代理总编辑却趁孙伏园外出到排字房把《我的失恋》抽去，导致孙伏园愤而辞职，便有了创办《语丝》之议。[1]

《语丝》是孙伏园与鲁迅等人共同创办的周刊，编辑第1期时当然很缺稿子，而鲁迅写文章也是义不容辞的。在《语丝》创刊号上，鲁迅发表了两篇文章:《论雷峰塔的倒掉》和《"说不出"》。前者写于1924年10月28日，其时《语丝》创刊号已在征稿，此文简直可认为就是为《语丝》创刊号而作。而《"说不出"》则是一篇很短的文章，在《语丝》周刊发表时，没有注明写作日期，也没有作者署名，当属补白性质。此文后来收入1935年5月出版的《集外集》。《秋夜》《影的告别》《求乞者》这几篇作品，写好后并没有立即投出去。《语丝》创刊时，鲁迅也没有拿出这几篇作品，而是另外写了《论雷峰塔的倒掉》。这似乎说明，《秋夜》是一时冲动的产物，而《秋夜》写完后，鲁迅感到类似的作品可以写一个系列，所以

1　参见鲁迅《我和〈语丝〉的始终》，载王世家、止庵编《鲁迅著译编年全集》拾壹，人民出版社2009年版，第346页。

这第一篇暂不急着投出，因为需要想一想这个系列总体的基调。应该是在11月下旬《语丝》要发排第3期稿件时，鲁迅拿出了这篇散文诗。《秋夜》发表时，标题是《野草·一，秋夜》。作家零星发表作品的结集，通常是在结集时才起个书名，别人是这样，鲁迅一般也是这样，但《野草》这个书名，却是发表第一篇作品时就定下了。《秋夜》从写出到拿给《语丝》的这段时间，鲁迅创作系列散文诗的想法终于形成，并且把最后结集的书名也想好了。写于10月3日的《我的失恋》，本来只有三段，12月上旬《语丝》要发排第4期稿件时，鲁迅加了一段，[1]与《影的告别》《求乞者》一起拿给《语丝》，三篇同时发表于《语丝》周刊第4期，总标题则是《野草二—四》。《我的失恋》有着明显的游戏色彩，甚至可以说不无油滑意味，与《野草》的总体格调并不十分相符。鲁迅把《我的失恋》也放在《野草》的名目下发表，可能因为这时候他对《野草》总体上应该是一种什么样的艺术风格和思想、情感基调，还没有明确的意识。但此后，在《野草》的名义下，带有游戏和油滑

1　参见鲁迅《我和〈语丝〉的始终》，载王世家、止庵编《鲁迅著译编年全集》拾壹，人民出版社2009年版，第346页。

意味的作品就再也没有了。此后各篇，在意旨上或许各不相同，但严肃、冷峻、沉郁则是共同的品质。

至于鲁迅为何一开始就把预计中的散文诗集命名为《野草》，是一个颇费思量却又难以解释的问题。

（原刊《文艺研究》2018 年第 1 期）

启蒙即救亡

——“九一八”事变后鲁迅关于抗日问题的社会批判

20 世纪 90 年代以来，诋毁鲁迅的论调有多种，其中之一是“九一八”事变后鲁迅从未对抗日问题发表过自己的看法。“九一八”事变后抗日大潮汹涌，作家、文人发表慷慨激昂的抗日言论是常见现象。而在鲁迅的笔下似乎很难找到这类文字，于是就有了鲁迅从未发出过抗日言论的流言。这种论调当下主要在网络上流行，由于流传甚广，影响深远，甚至一些现代文学研究者也信以为真，因此有必要撰文澄清事实。其实，“九一八”事变后，鲁迅就抗日问题发表了很多文章，只不过这些言论大多是批判性的。批判的对象主要有两种：一是国民党政府对待日本侵略的策略、态度；二是中国社会在国难声中出现的种种荒谬、丑恶现象。前者可以称之为“政治批判”，后者则不妨叫作“社会批判”。

从 1931 年的“九一八”事变到 1937 年的“七七事变”，面对日本的侵略，国民党政府基本上在妥协、退让。这背后自然有很复杂的原因，但每有冲突发生，官方总是谋求大事化小、小事化了，这激起了全国各阶层普遍的不满和愤怒。对国民党政府的批判，在当时是十分常见的。鲁迅是无数批判对日妥协、退让者之一，但有自身鲜明的特色。国难当前，社会上出现各种不合理、不健康的现象，这在本质上是有害于抗日的。对社会病态异常敏感的鲁迅自然不会无动于衷。不过，鲁迅的批判并不全是因为它们不利于抗日。国难声中的各类丑恶现象，都是某种国民性病症的表现，但这并非由国难产生，而是长期存在于国人身上，只不过在特殊时期又一次显现出来。鲁迅批判这些现象，就是在国难时期延续其一贯的国民性批判，可以说是以一种特有的方式参与救亡；同时也是在针砭大众的精神痼疾，更是其长期坚持的启蒙事业的继续。笔者一向认为，启蒙与救亡在鲁迅那里并非水火不容，甚至可以说，在鲁迅的思想中，启蒙即救亡。

所谓“政治批判”与“社会批判”，也是一种粗略的区分，某种现象属于政治现象还是社会现象，有时是难以遽下判断的。鲁迅的文章，也并非每一篇只批判一类现象，而是常常在同一篇文章中既有对政治现象的批判，也有对社会现象的针砭。他在“九一八”事变后对国民党政府的政治批判，笔者在《鲁迅有关抗日问题的若干言论诠释》(《西北大学学报（哲学社会科学版）》2019 年第 1 期)、《鲁迅与 1933 年北平文物迁移》(《东北师大学报（哲学社会科学版）》2019 年第 3 期)、《鲁迅〈“友邦惊诧”论〉现实批判考辨》(《文艺争鸣》2019 年第 6 期)、《鲁迅晚年在日本侵华问题上的预感与忧思》(《中国现代文学研究丛刊》2020 年第 2 期）等论文中已有谈论，所以这篇文章主要涉及鲁迅此一时期的社会批判。

一

1931 年 10 月 29 日，鲁迅写了杂文《沉滓的泛起》，列举了“九一八”事变后上海滩出现的诸多丑恶现象。该文指出，日军侵华如用棍子搅动死水，各种丑恶现象泛起，趁机显示自己的存在。阿Q精神本来就是十分常见的国民性病症，在“九一八”事变后又有了特别突出的表现。日本掠夺中国的国土，于是一些人便去翻史书、查字典，声称日本人古名“倭奴”，“倭”是矮小之意，似乎这样一来，中国就胜利了，而中国人因日本凌虐而产生的怨愤也可以平息。这种精神胜利法是深重的顽症，它在国难时期以“爱国”的名义显现，危害特别大。在上海滩特别常见的，则是以“抗日”和“爱国”的名义推销自己的产品，即所谓“发国难财”。胡汉民在上海发表对时局的意见，希望青年成为国民之前锋，平时要注意“养力”，勿轻易“使气”，第二天报纸上便有人借此说养力就是强身，泄气便是悲观，要强身祛悲观，就应开怀大笑，所以要看美国电影《两亲家游非洲》。绕了半天，是借“抗日爱国”的名义为美国影片做广告。文艺界人士成立“救国会”，慷慨激昂，其实是借国难推销自己的著作。有人为了卖狗，在报纸上便强调救国不能靠“国联”，而是要仰仗战犬，犬类品种繁多，又以自己养的那种狗最适合作战。还有人致信报纸，说自己在汉口生病，不能投身抗日义勇军，而沪上友人寄来某种药，服药后即可奔赴抗日战场，这类编造的“抗日故事”无非是为了卖药。鲁迅说，这些人要趁日本侵略中国尽量榨取利益，“因为要这样，所以都得在这个时候，趁势在表面来泛一下，明星也有，文艺家也有，警犬也有，药也有……也因为趁势，泛起来就格外省力。但因为泛起来的是沉滓，沉滓又究竟不过是沉滓，所以因此一泛，他们的本相倒越加分明，而最后的运命，也还是仍旧沉下去”。[1]借国难之机，趁抗日浪潮，推销本来卖不出去的存货，当然是对抗日的破坏。但要说此类行为对抗日能构成多么严重的损害，却未免高估了这些人。人们会在抗日热情的驱使下受骗于一时，但不会长久被此种伎俩迷惑。

那么鲁迅为何要花费时间、精力批判这种现象？就因为此种现象下面隐藏着的，是极其顽固的精神病灶。许寿裳曾说，鲁迅在日本留学时，常与他探讨这样的问题：中国国民性最大的问题是什么？造成中国国民性的病根何在？探讨的结果是，中国国民性最大的问题是缺乏“诚和爱”，“换句话说，便是深中了诈伪无耻和猜疑相贼的毛病”。至于病根，“当然要在历史

---

1 鲁迅：《沉滓的泛起》，载《鲁迅全集（第四卷）》，人民文学出版社 1981 年版，第 325 页。

上去探究，因缘虽多，而两次奴于异族，认为是最大最深的病根。做奴隶的人还有什么地方可以说诚说爱呢？”[1]“九一八”事变后出现在上海的这些现象，当然在中国其他地方也会有，那正是性格中缺乏“诚和爱”的表现。对这种国民性格中的病患，鲁迅一直以小说、杂文等多种方式进行批判，这也是他执着从事的启蒙工作的应有之义。借国难发财，更有理由引起鲁迅的警觉和悲愤，因为缺乏“诚和爱”的病根，在鲁迅看来与两次“奴于异族”有密切关系。而现在，中国正再次面临“奴于异族”的危险。因历史上异族入侵所导致的民族性格中的缺陷，在日本入侵时表现出更明显的症候，而如果中国奴于日本，这种病患一定会更加深重。启蒙的事业虽然艰难地进行了十几年，但还没有看到什么成效，却又一次面临“奴于异族”的危险，这怎能不令鲁迅忧虑、痛苦？批判因缺乏“诚和爱”而在遭受入侵时大发国难财的行为，是在救亡，更是在坚持启蒙。正是在这个意义上，启蒙与救亡在鲁迅那里并不冲突。

1934 年 9 月 25 日，鲁迅写了《中秋二愿》。文章开头说：

---

1 许寿裳：《回忆鲁迅》，载鲁迅博物馆、鲁迅研究室、《鲁迅研究月刊》选编《鲁迅回忆录：专著》上册，北京出版社 1999 年版，第 487—488 页。

前几天真是“悲喜交集”。刚过了国历的九一八，就是“夏历”的“中秋赏月”，还有“海宁观潮”。因为海宁，就又有人来讲“乾隆皇帝是海宁陈阁老的儿子”了。这一个满洲“英明之主”，原来竟是中国人掉的包，好不阔气，而且福气。不折一兵，不费一矢，单靠生殖机关便革了命，真是绝顶便宜。[1]

一开头便提到“九一八”，自然意味着在对抗日救亡问题发言。乾隆皇帝其实是陈元龙的儿子，是流传很广、记载很多的流言，其产生的原因是由极度自卑转化而来的极度自欺，它与以为证明了日本人古称“倭奴”就战胜了日本的心理一样，是阿Q精神的典型表现。如果乾隆真是汉人的儿子，那么在其登基的那一天，汉人就悄悄然战胜了满人，光复大业于不知不觉间完成。“单靠生殖机关便革了命”，鲁迅的讽刺是尖刻的。而在日本人对中国鲸吞蚕食之时，人们忽然又借“海宁观潮”而大谈乾隆本是汉家血脉，令鲁迅格外担忧：“我真怕将

1 鲁迅：《中秋二愿》，载《鲁迅全集（第五卷）》，人民文学出版社1981年版，第565页。

来大家又大说一通日本人是徐福的子孙。”[1]如果真相信日本人是徐福的后代，那就是中国人早就征服了日本，而现在日本人打进来，便根本不是侵略，而是汉人的子孙要回来寻根问祖。既如此，“抗日救亡”云云，便没有必要了。国亡了，却亡得如此心安理得。《中秋二愿》一文里还提到中国人每以蒙古人征服欧洲为荣之事：

> “我们元朝是征服了欧洲的”呀之类，早听的耳朵里起茧了，不料到得现在，纸烟铺子的选举中国政界伟人投票，还是列成吉思汗为其中之一人……[2]

南宋不过是古代蒙古人征服的许多政权之一，中国人却以蒙古人曾经征服欧洲为自己的荣耀。这种自欺欺人的精神胜利法，也是鲁迅长期批判的。只是在亡国的危险日益加剧时听到这种声音，让鲁迅感到特别痛心。因为说乾隆是汉家血脉，就

---

1 鲁迅:《中秋二愿》，载《鲁迅全集（第五卷）》，人民文学出版社 1981 年版，第 565 页。

2 鲁迅:《中秋二愿》，载《鲁迅全集（第五卷）》，人民文学出版社 1981 年版，第 565 页。

可以说日本人是徐福的后代；而以蒙古人征服欧洲为荣，将来就能够以日本征服了其他国家为自傲的资本。这更使鲁迅对这一现象的批判同样具有了启蒙和救亡的双重意义。

二

国难时期的各种丑恶现象，都是精神上的老病在特定情境下的复发。以做戏的态度做事，就是中国社会长期存在的现象，这在“九一八”事变后表现得非常突出。鲁迅晚年就对以做戏的姿态进行抗日表演深恶痛绝，而对这种现象的批判也特别多。

需要指出的是，对中国人做事不认真的批评是鲁迅杂文一贯的主题，1926 年 7—8 月连载于《语丝》周刊的《马上支日记》就对此进行过批评。其中，鲁迅赞同美国传教士史密斯关于中国人性格的一些看法。在《中国人气质》一书里，史密斯认为中国人善于“做戏”，即常常以演戏的心态和姿态做着正经事。[1]鲁迅在《马上支日记》里介绍了史密斯的观点并做了

---

1 参见 [美] 亚瑟·亨·史密斯《中国人气质》，张梦阳、王丽娟译，敦煌文艺出版社 1995 年版。

发挥。他认为史密斯说中国人是“颇有点做戏气味的民族”，并不是过于刻毒的评语。“戏场小天地，天地大戏场”是中国戏台上的常见对联，这就证明人们把一切都看作一场戏，谁要较真倒是愚蠢的。就是受了欺侮，因怯于报复，也会以万事无非一场戏来自我安慰。鲁迅强调，中国其实并没有俄国式的“虚无党”，因为“虚无”正是认真的表现。但很多中国人极其善变，毫无操守，心里这样想，嘴上却那样说；“在后台这么做，到前台又那么做”。一定要说这样的人是“虚无党”，那也只能说是“做戏的虚无党”。[1]凡事不认真，视一切事情为儿戏，是鲁迅在小说、杂文中着重批判的中国人的精神缺陷之一。如《阿Q正传》就着力表现了阿Q性格中视万事为游戏的一面，他受欺侮后能够迅速恢复心理平衡并放弃报复，正是通过将受欺侮视作游戏来实现的。“九一八”事变后社会上抗日热情高涨，然而鲁迅也在其中看到一些做戏式的行为。这最终会将侵略视作游戏，从而放弃反抗，甘当侵略者的奴隶，甚至还能从奴隶生活中寻出诗意和幸福。这样的事情，历史上并非罕见。

1　鲁迅:《马上支日记》，载《鲁迅全集（第三卷）》，人民文学出版社1981年版，第326—328页。

鲁迅多次强调，“认真”是日本人特别突出的精神特征。即便在“九一八”事变后，鲁迅也不惜背上“汉奸”的骂名，主张凡事都当作游戏的中国人应该学习日本人的认真精神。一个人民遇事极不认真的国家受到一个讲求认真的民族的侵略，那差距便不仅表现在军事力量上。1931年11月，鲁迅在《北斗》杂志上发表杂文《新的“女将”》，指出“九一八”事变后上海画报上的女性形象从“性喜音乐”的“女校皇后”、“爱养叭儿狗”的“女校高材生”、“大学肄业”的“女公子”等，变成了穿着白大褂的女护士或托着枪的戎装女士。鲁迅从画报上女性形象的变化，嗅到了浓烈的做戏气息，想到了《双阳公主追狄》《薛仁贵招亲》一类传统戏剧中的“女将”。这种戏台上的“女将”，往往“头插雉尾，手执双刀”，常常一上台就博得满场喝彩。观众明知不过是做戏，但却看得分外起劲。而如今画报上的女护士和女战士，也如戏台上的“女将”一般，不过哄读者开心。“练了多年的军人，一声鼓响，突然都变了无抵抗主义者。于是远路的文人学士，便大谈什么‘乞丐杀敌’，‘屠夫成仁’，‘奇女子救国’一流的传奇式古典，想一声锣响，出于意料之外的人物来‘为国增光’。而同时，画报上也就出现了这些传奇的插画。但还没有提起剑仙的一道白光，总算还是切实的。”[1]鲁迅在这里是将政治批判与社会批判融为一体的。他解释说，自己并非主张女性不能参加抗日，而是强调“雄兵解甲而密斯托枪，是富于戏剧性的而已”。日本军队的情形可以作为一种反证，谁也没有看见侵略中国的日本军队中看护队的照片，作战部队里也并没有女人，“这是因为日本人是做事是做事，做戏是做戏，决不混合起来的缘故”[2]。

《新的“女将”》发表在《北斗》第1卷第3期，在同一期刊物上，鲁迅还发表了杂文《宣传与做戏》。该文仍然兼有政治批判和社会批判，对官方和民间做戏般的抗日行动进行了针砭。“离前敌很远的将军，他偏要大打电报，说要‘为国前驱’。连体操班也不愿意上的学生少爷，他偏要穿上军装，说是‘灭此朝食’。”[3]连体操班都不愿意上，却偏要做出抗日的姿态，这是在演戏。糟糕的是，由于做戏已成习性，他们时时处处以天地为戏场却不自知。倘若军民普遍以这种态度对待侵

1 鲁迅：《新的“女将”》，载《鲁迅全集（第四卷）》，人民文学出版社1981年版，第336页。

2 鲁迅：《新的“女将”》，载《鲁迅全集（第四卷）》，人民文学出版社1981年版，第336页。

3 鲁迅：《宣传与做戏》，载《鲁迅全集（第四卷）》，人民文学出版社1981年版，第337页。

略，那结果自然是极其悲惨的。

而鲁迅发表于1932年1月《北斗》第2卷第1期的《中华民国的新“堂·吉诃德”们》，批判的则是上海的“青年援马团”。“九一八”事变后日军很快占领了几乎整个东北，黑龙江省代主席马占山却率部坚持抵抗，受到全国人民的敬仰。于是，各地都有青年组成“援马团”，要奔赴黑龙江支持抗战。上海也有一支数百人的“青年援马团”，声称要步行到黑龙江援助马占山。在鲁迅眼里，这无疑是在做戏。他批判了“青年援马团”游戏般的抗日举动，更批判了产生这类行为的社会土壤。鲁迅说，“青年援马团”的行为看起来很“堂·吉诃德”，实际上却截然不同：“然而究竟是中国的‘堂·吉诃德’，所以他只一个，他们是一团；送他的是嘲笑，送他们的是欢呼；迎他的是诧异，而迎他们的也是欢呼；他驻扎在深山中，他们驻扎在真茹镇；他在磨坊里打风磨，他们在常州玩梳篦，又见美女，何幸如之。”[1]既然是做戏，就须有观众，任何戏剧表演都是演员和观众共同完成的。“青年援马团”成立后能够从上海

1 鲁迅：《中华民国的新“堂·吉诃德”们》，载《鲁迅全集（第四卷）》，人民文学出版社1981年版，第353页。

走到常州，是因为受到民众支持。人们认同和欣赏这种做戏，才会出现这类“抗日”行为。“青年援马团”和迎送他们的民众，并非不知道此种行为违反常理。然而，说“青年援马团”和普通民众都在有意识地装腔作势也过于武断。以天地为戏场，有时是有意识地做戏，如借抗日救亡发国难财，有时却是无意识地做戏，是虽在做戏而不自知。在做戏的文化氛围中出生、成长的人，有时便会有抑制不住做戏的冲动，暂时丧失常识和生活经验，做出种种只该在戏台上发生的事情来。

三

鲁迅在《马上支日记》里说：“但我们国民的学问，大多数却实在靠着小说，甚至于还靠着从小说编出来的戏文。”[1]他举例说，即使是崇拜关公、岳飞的有文化的人，如果问他们心目中的两位“武圣”是何种形象，那关公一定是细眼、赤面的大汉，而岳飞则一定是五绺长须的白面书生，或者再穿着绣金

1 鲁迅：《马上支日记》，载《鲁迅全集（第三卷）》，人民文学出版社 1981 年版，第 334 页。

的缎甲，背后插着四面尖角小旗。这形象就是从小说和戏曲舞台上得来的。鲁迅还指出，在提倡忠孝节义时，新年庙市上的年画就多画着相关故事，“然而所画的古人，却没有一个不是老生，小生，老旦，小旦，末，外，花旦”。人们普遍是按照小说、戏曲来想象和理解古人的。在《中国小说史略》中，鲁迅论及古代的神魔小说时，也认为它们“芜杂浅陋，率无可观。然其力之及于人心者甚大”[1]。

早在《阿Q正传》中，鲁迅就重点表现了戏曲对国人心理言行的影响。阿Q精神的内涵之一，是做戏精神。他在现实生活中的表现，应对生活环境的方式，往往是下意识地模仿戏曲表演。无论是得意还是失意，都要唱几句戏文，这当然是在不自觉地模仿戏曲人物。阿Q被押赴刑场时，也很想唱几句戏。他在脑中搜索着看过的戏曲，《小孤孀上坟》显然配不上这么悲壮的场合，“悔不该酒醉错斩了郑贤弟”也显得无聊，最后选定了“手执钢鞭将你打”。然而因为双手都被绑着，戏唱不成，于是，“‘过了二十年又是一个……’阿Q在百忙中，

---

1 鲁迅:《中国小说史略》，载《鲁迅全集（第九卷）》，人民文学出版社1981年版，第154页。

'无师自通'的说出半句从来不说的话"[1]。阿Q在临刑前的举动，其实都是在模仿戏曲人物。他惯看的草台班上，囚犯赴刑场途中要吼几句戏文，或表达冤屈，或显示豪迈。阿Q说出的那半句，完整的表达是"过了二十年又是一条好汉"，这也是戏台上死囚在行刑时喊出的话。鲁迅说他"无师自通"，又加上引号，正暗示虽无人特意教他，但阿Q却自然而然地师法了戏曲人物。

在"青年援马团"身上，鲁迅也发现了小说、戏曲对他们的影响。他们做戏般的抗日姿态，一定程度上是无意识地模仿小说、戏曲。鲁迅说：

> 不错，中外古今的小说太多了，里面有"舆榇"，有"截指"，有"哭秦庭"，有"对天立誓"。耳濡目染，诚然也不免来抬棺材，砍指头，哭孙陵，宣誓出发的。然而五四运动时胡适之博士讲文学革命的时候，就已经要"不用

1　鲁迅：《阿Q正传》，载《鲁迅全集（第一卷）》，人民文学出版社1981年版，第526页。

古典”，现在在行为上，似乎更可以不用了。[1]

当时的报纸曾报道，“青年援马团”出发前抬棺游行，还有人断指写血书。鲁迅这番话便是针对这类做法的。所谓“在行为上”用典，就是指在现实生活中复制小说、戏曲中的行为。在小说、戏曲影响下的做戏，往往是真诚且不自知的。然而，这种真诚地做戏，比那种有意识地欺世骗人，对自身，对社会，都更具有危害性。

上海的“青年援马团”之步行北上，当时是一件颇为耸动视听的事。“青年援马团”共有280余人，于1931年12月6日到车站，打算乘车北上，来自上海各界的万余民众在车站含泪送行。铁路当局奉命不准免费乘车，欢送民众当场凑钱替他们买了车票，上车后铁路当局又奉命不得发车，“青年援马团”只得第二天步行出发。[2]而在黑龙江偏远一隅坚持抵抗的马占山，对各地“援马团”奔赴其驻地十分头痛。12月8日，马

1 鲁迅:《中华民国的新“堂·吉诃德”们》，载《鲁迅全集（第四卷）》，人民文学出版社1981年版，第353页。

2 参见韩信夫、姜克夫主编《中华民国史 大事记》第六卷（1931—1933），中华书局2011年版，第4007页。

占山通电全国各地党政、教育、媒体部门，请求转告欲赴黑龙江援马青年，目前应该好好学习本领，将来为国服务，此时切勿赴黑龙江“作煮鹤焚琴之举”。23日，马占山又对已经到达的学生训话，强调东北招兵并不困难，已到达者希望都能领取路费返回。[1]当时的情况是，国民党政府并不支持各地青年学生放弃学业奔赴黑龙江，而马占山也不需要以青年学生补充抗日战士。毫无疑问，没有丝毫军事知识的学生到马占山那里，只会给他带来很大的麻烦。正是马占山表示了不欢迎，各地才解散“援马团”。马占山没法配合“援马团”做这种抗日表演，因为他是要承担责任的人；而各地民众、媒体之所以起劲呐喊助威，是因为他们不需要承担任何责任。鲁迅对“援马团”的批评，显示了他一贯的冷峻、清醒。

一部分中国人抗日抗得轻浮，然而侵略者杀人却杀得切实，这令鲁迅特别担忧和痛心。1932年6月18日，上海“一·二八”战事停火不久，鲁迅在致台静农信中说，自己能否以“一·二八”为题材写些东西还不能决定，因为听说的事

1 参见韩信夫、姜克夫主编《中华民国史 大事记》第六卷（1931—1933），中华书局2011年版，第4009页。

情，一调查则大半是说谎，连寻人广告，也有本人去登以此扬名的。鲁迅无限感慨地写道，“中国人将办事和做戏太混为一谈，而别人却很切实”，这里的“别人”当然指日本人。鲁迅又引用当天《申报·自由谈》里的一段话：“密斯张，纪念国耻，特地在银楼里定打一只镌着抗日救国四个字的纹银匣子；伊是爱吃仁丹的，每逢花前，月下，……伊总在抗日救国的银匣子里，摇出几粒仁丹来，慢慢地咀嚼。在嚼，在说：‘女同胞听者！休忘了九一八和一二八，须得抗日救国！’”鲁迅说，在“一·二八”事变以前，如此行事者还真不少。到战争爆发时，如果生活器具、日常用品上有“抗日”字样，就可能付出生命的代价。许多人只是将有着“抗日”字样的徽章放在身上，自己早就忘了，却因被日本人查获被杀。对此，鲁迅评论道：“‘抗’得轻浮，杀得切实，这事情似乎至今许多人也还是没有悟。”[1]做戏般地抗日，当然抗得轻浮。而习惯于做戏的人，是很难明白自己是在做戏的。鲁迅对这种现象一再提出尖锐批判，无非是想唤醒戏中人。

---

1 鲁迅：《320618 致台静农》，载《鲁迅全集（第十二卷）》，人民文学出版社1981年版，第92页。

1932 年 11 月下旬，鲁迅北上省母期间，曾在辅仁大学发表演讲，后讲演内容以“今春的两种感想”为题发表于 11 月 30 日北平《世界日报》。鲁迅在演讲中又说到“一 · 二八”事变期间许多中国人莫名其妙地被杀之事。他表示自己亲眼见到许多中国青年被日军捉去，惨遭杀害。这些青年被捕的原因，是他们身上有抗日的证据。“九一八”事变后，很多大学、中学成立了抗日义勇军，一开始还天天操练，后来渐渐荒废，但戎装还保留着，自己却早已忘记，一旦被日军找到就要送命。像这样并未真抗日，只是开过几次会、上过几次操的青年被杀，国人往往认为日军太残忍。“其实这完全是因为脾气不同的缘故，日人太认真，而中国人却太不认真。中国的事情往往是招牌一挂就算成功了。日本则不然。他们不像中国这样只是作戏似的。日本人一看见有徽章，有操衣的，便以为他们一定是真在抗日的人，当然要认为是劲敌。这样不认真的同认真的碰在一起，倒霉是必然的。”[1]

一听说日本侵占了东北，便揎拳捋袖、目眦尽裂，恨不得

1 鲁迅:《今春的两种感想 —— 十一月二十二日在北平辅仁大学讲》，载《鲁迅全集（第七卷）》，人民文学出版社 1981 年版，第 385—386 页。

立即奔赴战场，这感情是强烈的，但往往也很肤浅，因而也就必然是短暂的，一如不经烧的东西着了火，一时间烈焰冲天，但瞬间即熄灭。不能说这样的情感不真诚，但虽强烈却肤浅、短暂的情感，常常是在真诚地做戏。鲁迅所希望于当时中国人的，是具有深沉、坚毅的爱国精神，以无比的韧性持续地、百折不挠地从事抗日工作。中国要真正强大起来并永久摆脱受欺侮的命运，就必须使中国人普遍清除做戏的习性，确立凡事以踏踏实实的精神去做的品格。所以，对做戏般的抗日举措的批判，是在救亡，也是在启蒙。

四

1934 年 8 月，鲁迅创作了以墨子为主人公的历史小说《非攻》，这篇作品也有着明显的现实针对性，是在借墨子助弱宋抗强楚的故事，说明中国要抵抗日本侵略只有靠实力、智慧和韧性，指望凭口舌等方式救亡是虚妄的。《非攻》还对煽动所谓民气并企图以此抗拒外敌的做法，进行了否定和嘲讽。小说有这样一段描写：

当墨子走得临近时，只见那人的手在空中一挥，大叫道：

"我们给他们看看宋国的民气！我们都去死！"

墨子知道，这是自己的学生曹公子的声音。[1]

墨子懒得搭理曹公子，第二天对自己另一个学生管黔敖说：

"昨天在城里听见曹公子在讲演，又在玩一股什么'气'，嚷什么'死'了。你去告诉他：不要弄玄虚；死并不坏，也很难，但要死得于民有利！"[2]

这段描写表明鲁迅对煽动民气的行为持批判态度，对所谓"民气"本身也是否定的。考虑到其创作《非攻》时正是面对日军侵略、中国社会普遍宣扬"民气论"的时候，所以对煽动民气和民气本身的批判，都可视作兼具了政治批判与社会批判

1 鲁迅：《非攻》，载《鲁迅全集（第二卷）》，人民文学出版社 1981 年版，第 456 页。

2 鲁迅：《非攻》，载《鲁迅全集（第二卷）》，人民文学出版社 1981 年版，第 457 页。

的意义。

鸦片战争后，每遇外侮必有中国人主张利用民气抗敌，结果是祸国殃民。在没有实力的情形下，民气本身不可恃。主张依靠民气制胜，会陷入不务实际的泥坑，在正义感和口号声中陶醉，以为凭广大民众一腔怒火便可把外敌焚毁，其实是一种精神胜利法。所谓“民气”，往往是煽动者和民众合演大戏，一旦遇到真正的敌人，民气就如巨大的气球瞬间一声巨响，破成碎片，这样的悲剧，近代以来曾多次上演。当中国再次面临亡国危险时，又有人鼓噪着民气的重要。鲁迅唯恐悲剧重演，所以对“民气论”予以批判。小说《非攻》基本取材于《墨子 · 公输》，原文中并无曹公子煽动民气的记述，此细节完全是鲁迅创作《非攻》时虚构的。特意这样虚构，就是为批判现实中的“民气论”。1935 年 12 月 19 日致曹靖华信中，鲁迅也说：

> 青年之遭惨遇，我已目睹数次，真是无话可说，那结果，是反使有一些人可以邀功，一面又向外夸称“民

气”。当局是向来媚于权贵的。[1]

鲁迅对“民气论”的批判，正如对“做戏的虚无党”等现象的批判一样，也并非“九一八”事变后才开始，而是在救亡的情形下延续着一贯的启蒙努力。1925 年 6 月 11 日，鲁迅写了《忽然想到》之十，其中表达了对“五卅惨案”的感想。近代以来，每当中国受外敌欺侮，必有人鼓吹“民气论”，“五卅惨案”发生后，社会上又有人举起“民气论”的大旗，鲁迅便对这类行为予以辛辣嘲讽。他表示，自己一向不喜欢的《顺天时报》上几年前的一篇社论颇有道理。社论的意思是，每当一国走向衰朽时，总有两种意见相争斗：“一是民气论者，侧重国民的气概，一是民力论者，专重国民的实力。前者多则国家终亦渐弱，后者多则将强。”鲁迅评论道：“可惜中国历来就独多民气论者，到现在还如此。如果长此不改，‘再而衰，三而竭’，将来会连辩诬的精力也没有了。所以在不得已而空手鼓舞民气时，尤必须同时设法增长国民的实力，还要永远这样

1 鲁迅：《351219　致曹靖华》，载《鲁迅全集（第十三卷）》，人民文学出版社 1981 年版，第 271 页。

的干下去。”[1]没有民力而徒有民气，是毫无用处的。国势衰微时之所以“民气论”会甚嚣尘上，往往是因为民气之外别无其他。既然民已无力，便只能煽动其气了。鲁迅认为，在特殊情况下，鼓舞民气情有可原，但这只能视作权宜之计。在鼓舞民气的同时，要竭力培植、增长民力，并且要持续地做下去。如果只是一味地鼓舞民气并醉心于民气，真以为凭民气便可战无不胜，那就成了做戏。在写于1925年6月23日的《补白》中，鲁迅更掘了一下“民气论”的祖坟：

> 我们弓箭是能自己制造的，然而败于金，败于元，败于清。记得宋人的一部杂记里记有市井间的谐谑，将金人和宋人的事物来比较。譬如问金人有箭，宋有什么？则答道，“有锁子甲”。又问金有四太子，宋有何人？则答道，“有岳少保”。临末问，金人有狼牙棒（打人脑袋的武器），宋有什么？却答道，“有天灵盖”！
>
> 自宋以来，我们终于只有天灵盖而已，现在又发现了

1 鲁迅：《忽然想到（十至十一）》，载《鲁迅全集（第三卷）》，人民文学出版社1981年版，第90页。

一种“民气”，更加玄虚飘渺了。[1]

天灵盖在狼牙棒面前是毫无抵御之力的，同样，不以实力为基础的民气，绝不可能对侵略者有切实的反抗。所以鲁迅进一步指出：

但不以实力为根本的民气，结果也只能以固有而不假外求的天灵盖自豪，也就是以自暴自弃当作得胜。[2]

这话说得当然有些刻薄，但思想是深刻的，忧虑是深重的。如果不同时培植、增加国家的实力，那鼓舞民气不过是自欺欺人的做戏，实质上是自暴自弃。

鲁迅在 1925 年便对“民气论”有如此认识和批判。在 30 年代，鲁迅更是警惕“民气论”在日本侵略背景下抬头。他逝世两年后的 1938 年，历史学家蒋廷黻写了后来颇受赞誉的小

1 鲁迅：《补白》，载《鲁迅全集（第三卷）》，人民文学出版社 1981 年版，第 100—101 页。

2 鲁迅：《补白》，载《鲁迅全集（第三卷）》，人民文学出版社 1981 年版，第 101 页。

册子《中国近代史》[1]，其中对近代以来的“民气论”也进行了严厉批评，不知是否从鲁迅那里得到启发?

鲁迅晚年写下了大量社会批判的文章，大多数与抗日救亡没有直接关系，是他“五四”时期开始的启蒙事业的继续。而那些与抗日救亡直接相关的杂文，也同样没有偏离启蒙的范畴。在鲁迅那里，启蒙与救亡是从不矛盾的。只有中国人普遍在精神上觉醒了，只有中国人普遍实现了人的现代化，国家才会真正强大。因此，救亡最终需要通过启蒙来实现。这并不是说，启蒙与救亡在任何时候、任何人那里都并不冲突。在许多时候，有人会觉得救亡的确压制、否定着启蒙，而这也是鲁迅晚年异常担忧的。他在去世前不久写下了这样的话:

> 用笔和舌，将沦为异族的奴隶之苦告诉大家，自然是不错的，但要十分小心，不可使大家得着这样的结论:“那么，到底还不如我们似的做自己人的奴隶好。”[2]

---

1 参见蒋廷黻《中国近代史》，沈渭滨导读，上海古籍出版社 1999 年版。

2 鲁迅:《半夏小集》，载《鲁迅全集（第六卷）》，人民文学出版社 1981 年版，第 595 页。

这表达的便是对救亡压倒启蒙的担忧，便是对以笔和舌向大众发言者的警醒。

（原刊《文艺研究》2020年第7期）